我们有过美好的回忆，
让泪水染得模糊不清了。
偶尔想起，
记忆犹新，
就像当初我爱你，
没有什么目的，
只是爱你。

那封当年
未曾寄出的情书

主编 万诗语

NAFENG DANGNIAN
WEICENG JICHU DE QINGSHU

中国出版集团
现代出版社

多希望自己是天气，这样才可以成为你的话题。

你在安暖的流年里，安静地想念着汗珠从他的发梢甩落的样子，他骑着单车飞驰而过的样子，他冲着夕阳吹口哨的样子，那些你再也看不到的样子。而你，也终于变成想象中的美好，却再也无法站在他的面前，说一句：我喜欢你。

也许太年轻，那些在单薄年月里微小的悲难，仿佛都是一场突如其来的大变故，却也放在不轻易诉说的沉默里，静待幻化成虚妄的泡沫，消失在视野里。即使我们冥冥之中并不想忘记，也会在瞬息的时光里将彼此曾众望托付的感情消磨殆尽。

年轻的时候会想要谈很多次恋爱，但是随着年龄的增长，终于领悟到爱一个人，就算用一辈子的时间，还是会嫌不够。

说出口的决绝都不够决绝，就像深埋心底的爱恋永远没法轰轰烈烈。

思念在见不到对方的日子里疯长，把人给折磨透了，直到偶遇了，见到面了，症状才有所舒缓。见一次面，即使只是瞥上一眼，也够好几天的念想了。心底那百转千回的心思啊，也只有自己知道。

目 录

第二卷 我的快乐只有你能给

第三卷

我愿你好，即使后来你与我全然无关

第四卷
我连一秒都没有拥有过你，却感觉已经失去你几万次

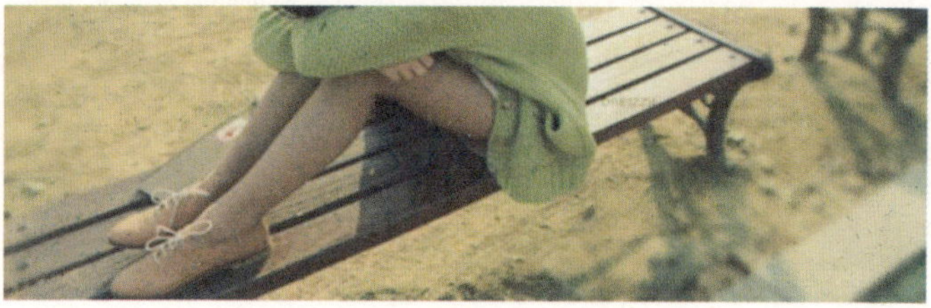

第五卷

我对你的好，我自己知道就好

第六卷 那些再与你无关的悲伤

前　言

那些年，曾经这样爱过一个人：爱的人知道，被爱的人不知道。

在我们单纯而柔软的内心里，小心翼翼地放着那个人。你记得第一次遇见那天明媚的阳光，记得他清秀的脸庞与不经意的小动作。从此，穿着白衬衫的他，有着明朗笑容的他，成了你梦里的常客。

爱着的时候，心里潮潮的，湿湿的，饱满得像涨了水的河。可有时又空落落的，像河床上摊晒出来的石头。有时心里软软的，润润的，像趁着雨长起来的柳梢。有时又闷闷的，燥燥的，像燃了又燃不烈的柴火。一边怀疑着自己，一边审视着自己，一边可怜着自己，也一边安慰着自己。嘴里不说，眼里不说，可每一根头发，每一个毛孔都在说着。

你幸福着他的幸福，悲伤着他的悲伤，你只是默默地关注着、惦

记着，或是倾听着你从不表明心迹，从不将真心吐露。

日子一天天过去了，还是没说。多少年过去了，还是没说。那个人像一壶酒，被窖藏了。偶尔打开闻一闻，觉得满肺腑都是醇香。

那全是自己一个人的独角戏，一个人的盛情。那个人知不知道已经不重要了。这样更纯粹些，菜是自己，做菜人是自己，吃菜的人还是自己。知道这爱的是自己，回忆这爱的还是自己。自己把自己一口口地品着，隔着时光的杯，自己就把自己醉倒了。

这时候，也方才明白，原来这样的爱并不悲哀。

没有尘世的牵绊，没有啰唆的尾巴，没有俗艳的锦绣，也没有混浊的泥汁。简明，利落，干净，完全。这种爱，古典得像一千年前的庙，晶莹得像一弯星星搭起的桥，鲜美得像春天初生的一抹鹅黄的草。

这样的爱，真的也很好。

我多想拥抱你，
可惜时光之里山南水北，可惜你我中间人来人往。

第一卷

你一笑我高兴很多天，你一句话我记得很多年

我们多多少少都暗恋过某一个人，
他静静地隐藏在你的心里，
你安静而不动声色地在远处观望他，
看流年浅变，沧海桑田，
却一直一直，
以旁观者的姿态，
看他走过四季的温柔的侧脸。

认识你之后，
每天都在祈愿有情人终成眷属

世界上根本就没有一见钟情，
所谓的一见钟情，不过是你遇见了那个你一直想遇见的人。

暗恋是世界上最美好的事，最纯真、最真挚、最容易让人念念不忘。这是一种最初的情感，懵懂的岁月，第一次心动的感觉。

明明是你偷走了我的心，但是每次目光相接的时候，先逃开的总是我，好像我才是那个小偷。擦身而过时，假装跟身边的人谈笑风生，心情却随着余光里的你走。

怕你知道，又怕你不知道，最怕你知道却装作不知道。认识你之前，一直觉得单身真好，认识你之后，每天都在祈愿有情人终成眷属。

自此，你的一举一动，一颦一笑，一言一语，都被赋予了新的意

义，无时无刻不牵动着我的心，我的灵魂。自此，你就是雨后的那一抹阳光，看到你时就不由自主地感到喜悦、感到温暖。就像寒冬腊月里，那一炉熊熊燃烧的火焰，总想更靠近一些再靠近一些，那是一种让人感动的温暖。

可是这个世界就是这样，上帝总是不给我想要的。

这是一份青春的记忆，一份失了节奏的心跳频率，一份小欢呼小雀跃的心情，一份纯真美好的爱恋。就像记忆中最甜美的糖果，不管任何时候回想起来，都会让自己感动到落泪。

也许它真的很美好，但是当岁月和时间打磨掉了它绚丽的色彩和最初的棱角，心是否还能一如当初，是精诚所至，金石为开，还是可远观而不可亵玩矣。或许只有自己才能给自己答案。

但是，我不得不承认，暗恋始终是这个世界上最美好的一件事，甜蜜中掺杂着酸涩，幸福中洋溢着忐忑。这是一份青春的记忆，一份失了节奏的心跳频率，一份小欢呼小雀跃的心情，一份纯真美好的爱恋。就像记忆中最甜美的糖果，不管任何时候回想起来，都会让自己感动到落泪。

以后我们会有各自的生活，各自的所爱，可是我依然感谢你，是你让我懂得如何爱，感受过了年少时最期待的幻想。

暗恋是一种纯净古典的情感，古典的爱可以在寂寞中无声地生长，而洁净的爱可能会有盲目、犹豫和创伤，但一定不会有任何的功利性和目的性。它无私心，仿佛为了信仰存在。

明明只看了你一眼，
脑海里却已经和你过完了一辈子

我也曾很想，在你垂垂老去的时候，拉着你的手，不顾你已经满脸的褶皱，对你说，我认识你，永远记得你。

那时候，你还很年轻，人人都说你美。

现在，我是特来告诉你，对我来说，我觉得现在你比年轻的时候更美，那时你是年轻女人，与你那时的面貌相比，我更爱你现在备受摧残的面容。

我也曾默默地暗恋着一个人。

只可惜，襄王有梦，神女无心。

虽然我明示、暗示无数次，你却屹然不动，借朋友的名义，一次次让我落得个空欢喜。那些我当真了的情话，对你来说只是无心的玩笑。我战战兢兢，小心翼翼地靠拢你，但是，始终是恋人未满。你不喜欢我，所以，我的努力被全部推翻。

后来，我才知道，相爱的两个人，就算是彼此间礼貌的客套，也像一句句曼妙的情话，心照人不宣。

什么是喜欢？就是淡淡的爱，慢慢的情。当她走进你视线，全世界都是黑白只有她是彩色；当她与你说话，你觉得胸闷气短，脑袋好像被大锤撞过一样智商为零；和她在一起的每一分每一秒，你都记得清清楚楚，并提醒自己永不忘记。

顺理成章，毕业之后，我的暗恋无疾而终。

我心酸地想，也许这一辈子，我都不会再这样去喜欢一个人了。

陪着你在冰天雪地里走到瑟瑟发抖，为你费尽心思准备一份生日礼物，你不知道，我送你的十八岁生日礼物背后刻的那句话，是法国作家杜拉斯的《情人》中的名句："我认识你，永远记得你。"

我也曾很想，在你垂垂老去的时候，拉着你的手，不顾你已经满脸的褶皱，对你说：我认识你，永远记得你。那时候，你还很年轻，人人都说你美，现在，我是特来告诉你，对我来说，我觉得现在你比年轻的时候更美，那时你是年轻女人，与你那时的面貌相比，我更爱你现在备受摧残的面容。

我曾为你结结巴巴地背诵过这一段，可惜当时没有背熟。在人挤人的公交车上，脸都被压得变形的环境下，我磕磕巴巴地将这一段文字像挤牙膏一样挤了出来，你并没有用心去听。

现在，我已经可以把这段文字倒背如流。遗憾的是，你再也没有机会听。

多少人曾在你生命中来了又回，可你不会知道，那时候，我是真的想过一辈子的。

那些年的种种，我说不上后悔，对你，我也已经没有怨恨。原本爱情就是两个人的事，不是我不够好，也不是你的错，不喜欢一个人，是谁也没法改变的事。那时我对你好，是心甘情愿，喜欢你，也是心甘情愿。而你没办法回应我的感情，不怪你。

你不会知道，我曾经这样小心翼翼地，卑微而温柔地注视过你。

我不怪你，我只是很遗憾。但我会永远记得，在我十八岁时，最为青涩的年纪里，我曾如履薄冰，战战兢兢地捧上了我的真心。

我还记得，那时我还为你背过普希金的那首《我曾经爱过你》，我盯着你的侧脸，一字一句道：我曾经默默无语，毫无指望地爱过你。

那时，你坐在座位上，捏着笔，正在演算我让你做的习题，草稿纸上尽是复杂的公式。你垂着头，蹙着眉，露出一副认真沉思的模样。你的校服干净整洁，领口有些褶皱，微微敞开的外套露出里面深色的毛衣。

入冬了，天有些凉。
时光流转，好像又回到了我们最好的年纪。（柳阳夕）

我爱你的时候，天空会很亮

在暗恋与被暗恋中，在爱或被爱中，
我们总该庆幸，自己的青春里有过爱，有过光。

我最近在看一本书，关于暗恋。

我喜欢里面的女主角，她叫梅小清。她具备一切我喜欢的东西，比如勇敢、比如敏感、比如自卑，自卑是贬义词，但这些全部用在她身上真实了许多，这也是我喜欢的原因。

梅小清一直暗恋着学校最优秀的风云人物任远。为他整理抽屉，在他生病的时候给他送药，一直以朋友的身份关心着他。

我一直以为这个故事大概就是以梅小清的暗恋，到最后并没有得到任远的答复而结尾，后来快接近尾声时，我才知道，原来任远也暗恋着梅小清。

我从任远的眼睛里看到不一样的梅小清，她可爱、清纯、善良，这些是梅小清自己都不知道的 。

好在，故事的结尾两人都知道了彼此隐藏的情感，但他们并没有在一起。

人常说，有遗憾才会变得更加美丽，念念不忘。

我们的一生至少该有一次，为了某个人而忘了自己，不求有结果，不求同行，不求曾经拥有，甚至不求你爱我。只求在我最美的年华里，遇见你。

也许，那个人，虽然没有最终进驻在我们的生活里，却一直住在我们的心底，住在我们无尽怀念的精神里。

在夜深人静时，在某一风起时，在快乐或者不快乐时，便会静静地与他说话，他是一个最长久的秘密，美丽而坚韧。（佚名）

也许，那个人，虽然没有最终进驻在我们的生活里，却一直住在我们的心底，住在我们无尽怀念的精神里。在夜深人静时，在某一风起时，在快乐或者不快乐时，便会静静地与他说话，他是一个最长久的秘密，美丽而坚韧。

或许我们多多少少都暗恋过某一个人，他静静地隐藏在你的心里，你安静而不动声色地在远处观望他，看流年浅变，沧海桑田，却一直一直，以旁观者的姿势，看他走过四季的温柔的侧脸。

你一笑我高兴很多天，你一句话我记得很多年

或许我们一直念念不忘的，不是那个人，而是那段时光，还有那个时候的自己。
但是依然感谢，那个陪伴我们无数岁月的少年，温柔了你整个的年少时光。

在那些美好的年华里，总有那么一个人安静地躺在你的记忆里，温柔了你整个青春岁月，也惊艳了你整个年少时光。

即使再桀骜再骄傲的女子看见他的时候也会温柔下来，即使再卑微再平凡的女子也因那个人的存在而活得丰盈多彩。

那一个人，是天使一样的存在。

或许他不帅，或许他不乖，或许他并不出彩。可是，或许就因为一个眼神、一句话、一件事，他就在你的心里生了根、发了芽，渐渐枝繁叶茂，再不能忘怀。

情不知所起，却一往而深。怎么能忘呢，那一日，你眉眼清亮如

水，声音清澈温暖，那一日的阳光也是这般温暖缠绵，丝丝绕绕，缠绵成扣，扣扣尽在心前。我记得你的笑容你的声音，即使岁月遮蔽了记忆，多年以后，我依旧记得。

我喜欢的那个人如今怎么样了，他知道我喜欢他吗？我还记得初相见，阳光正好，微云缠绕，你的微笑阳光一般温暖，照耀我的整个季节。多年以后，你或许早已不记得我的存在，我却依旧固执地想念着你的样子。

或许我们多多少少都暗恋过某一个人，他静静地隐藏在你的心里，你安静而不动声色地在远处观望他，看流年浅变，沧海桑田，却一直一直，以旁观者的姿势，看他走过四季的温柔的侧脸。

为什么从来没想过要去表白呢，为什么你一直站在不远处却从来都没有勇气走上前呢？自卑吗？那样的他应该是什么样的女生才有资格站在他的身旁？或许有一天，你也可以变成那样美好的模样？

你就那样一直一直，站在他的身后，为了他的表情而欢喜担忧，卑微地躲在了尘埃里，心里也是欢喜，却开不出花结不了果，你只能，看着，看着，直到他牵了别人的手许下了天长地久。

然后你痛了，失落了，哭了也笑了。被辜负了吗？一直不被人注目地在身后，没有付出何来辜负？你笑了哭，哭了笑，然后终于渐渐长大了。

我们都因了那个人的存在，一点一点变得温柔。

然后就渐渐地不去打扰，给不了你想要的温柔只能一个人走，却还是被你的幸福刺伤了眼，然后，继续哭继续笑，幻想变成想象中美好的样子陪你白头偕老。

年少的时候，我们总会轻易就泪流满面，更何况，面对的是那个天使一样的存在。

你曾经也幻想过，想象着他温柔的样子冷酷的样子，想象着他是天使、是骑士、是王子，是一切美好的代言词。他应该干净清爽，笑容明亮，他的白色衬衣上会有柠檬的清香，他温暖阳光，他的身上有无数你赋予的美好气质，渐渐地，连你自己也分不清楚，自己喜欢的究竟是现实中的那个人还是你幻想出来的美好样子。

你只是，一天一天，一点一点，慢慢沉沦下去，他成了你心里唯一繁盛的枝丫。

可是终于有一天，你们注定在注定的时间分散在天涯海角。

然后，渐渐再也没有他的消息，只剩下你在安暖的流年里安静地想念着汗珠从他的发梢甩落的样子，他骑着单车飞驰而过的样子，他冲着夕阳吹口哨的样子，那些你再也看不到的样子。而你，也终于变成想象中的美好，却再也无法站在他的面前，说一句我喜欢你。

有一些事情，只有与青春绑在一起才是美好。

或许我们一直念念不忘的，不是那个人，而是那段时光，还有那个时候的自己。但是依然感谢，那个陪伴我们无数岁月的少年，温柔了你整个的年少时光。（佚名）

有一天，
我们可不可以如此幸福

若有一天，我们可以如此幸福，
我愿意把你的幸福当作我的幸福，我愿意在你难过流泪时，
将你轻轻抱在怀里，告诉你无论如何，我会一直陪在你身边。

有一天，我们可不可以如此幸福。一起去想去的地方看美丽的风景，一起吃想吃的美食再细细回味，在每一处留下我们的足迹与回忆。

有一天，我们可不可以如此幸福。去爬从前说过要一起去的山，彼此依偎看天际明亮的星，对着流星许下相依相守的诺言。

有一天，我们可不可以如此幸福。买一所不大不小的房子，一起设计一起装饰，一起置办家里所有的东西，把我们的温馨渗透在点点滴滴中。

有一天，我们可不可以如此幸福。晚上有你温暖的怀抱，偶尔

像小孩子一样吵着要你唱歌，然后你无奈却宠溺地摸摸我的头，让我听着你的声音入眠。

有一天，我们可不可以如此幸福。每天都能吃到你为我做的可口饭菜，不顾形象的大口大口地吃掉，看着你微笑着帮我擦掉嘴角的残渣。

有一天，我们可不可以如此幸福。我偶尔无理取闹，你总是宽容体谅，有时候拌嘴冷战，最后再一起妥协。

有一天，我们可不可以如此幸福。在对方忙碌的时候，适时地退到一旁，不去打扰，默默想念，必要时端一杯热茶，安静地等待对方忙完。

有一天，我们可不可以如此幸福。在我晚归的时候，黄昏的灯下总有你的身影，默默地走过去轻轻地抱住你，然后一起回到属于我们的家。

有一天，我们可不可以如此幸福。一起去逛街买衣服，由你为我搭配，由我为你挑选，再冷的冬天也有彼此的心相互温暖。

有一天，我们可不可以如此幸福。彼此明白对方不是最好的，知道对方的种种缺点，却依然执着地爱着，依然愿意为了对方踏入

“围城”。

有一天，我们可不可以如此幸福。不计较对方的付出与自己的所得，只在乎对方是否幸福，是否快乐。当相爱慢慢变成一种习惯，平平淡淡也一样刻骨铭心。

若有一天，我们可以如此幸福，我愿意把你的幸福当作我的幸福，我愿意在你难过流泪时，将你轻轻抱在怀里，告诉你无论如何，我会一直陪在你身边。

若有一天，我们可以如此幸福，我愿意在日历上记下每一个值得纪念的日子，我们一起追忆那些往事，将甜蜜与美好永远记在心里。

若有一天，我们可以如此幸福，我愿意守候你一生一世。我的爱不奢华，但真实，必要时我愿意为你赴汤蹈火，在所不惜。（佚名）

如果时间能倒着走，我还想再遇见你一次

有时候我真想忘了你，只记得这个世界。
然而，我常常忘了整个世界，只记得你。

遇上你的时候，刚好是在我的十八岁那年。那个年华飞逝、碎语流年的季节。

只记得那天的天空似乎是从未有过的柔和，空气中竟没有一点风的气息。阳光犹如冬日里的雪花，飘飘扬扬地洒了下来，散落在道旁的琉璃砖上。那时的自己披散着乱发，静默地坐在路边白玉栏杆上。迷茫的眼睛，看着同样迷茫的生活。不知在这一年的仲夏之天，该何去何从。所以，我从没想过，你会在那一刻出现，在我抬头起身的那一刻。

我想，人世间最美的风景莫过于此。看到此景的刹那间，我的

天空落下了雨点，淅淅沥沥地打在了心上。阳光刚从云层里钻了出来，柔柔的，似是融化了般，一点点地融进了身体里。在那个时间，在那个地点，便有了一场梦。

三月的春风，格外的和煦，柔柔地拂过脸颊，带来了空气中的花香。我还没想过，生活也可以变得如此的美妙，花香游离，鸟语叮咛。嫩芽在枝头剥离舒展时，我也将自己的心事停留在了文字海洋的岸边。因为我发现，可以有更美好的事去做，有更美的风景去欣赏。

日色渐垂，一道身影降临在了运河的岸边。我知道，那必是你。夕阳放出华光，似是金黄，又是浅红。一片一片，一缕一缕，在河面上呈现出斑斓的色彩。也许，只有你配站在那样的风景里。

但我很想明白，你为何喜欢看夕阳，那样让人伤情的东西，存在了你的眼中，该是多么的让人怜惜。只是，不管夕阳如何凄美，我只看一道景。暗自坐在岸边的堤坝上，远远地欣赏着，这一道独一无二的景。

晚风拂动着河岸的嫩柳，在翻飞舞动的柳条中，你的身影若隐若现。只剩那洁白的衬衫，未曾消失在我的眼帘之下。多想让自己沉睡在这个画面里，那样眼睛里就再也不会消失你的模样。只是看着不曾清澈的运河水，仍旧荡漾着夕阳的霞光，便知，一切皆是梦魇。

还未注意过，三月的桃花是何时落的。道边的花坛中，一直开着满树粉红的桃花。只是那天的晚间，桃树下，残花满地。在霞光的映衬下，呈现出一片绯红。突然之间，心中似乎是想到了些什么，抬头看向了西边的天，夕阳如血。

我没有伸出自己的手，不管对你，还是对这夕阳。因为我明白所有的挽留，皆逃不脱光阴匆匆。唯一想到的，便是在失去的那一刻，用心中流淌着的泪水，去跟时光诉说。

一直以为，不曾得到，何来失去。但当我面对你时，我知道我是错误的。不曾得到，却付出了自己的一池春水，它随时间流进了我恋着你的空间，怕是再也流不回了。

寒月攀上了东方的天空。月光下的运河，像极了一条玉白色的纱带，夜风袭来，它也跟着扭动了起来，闪着粼粼的波光。现在的杨柳岸，运河边，该是一座月光之城。而此时站在这城中，只是等待着你的身影。

“太阳神在夜晚的光辉，会为你洗去白日里的纤尘。夕阳最后一缕光芒消逝的地方，将会有一盏灯，重新燃起。以普罗米修斯的名义，照亮你心间的路！”留言板上唯一匿名的一句话，我相信你的眸光，定能看穿这字里行间的意义。所以，我为你在这守候。

三月里，是不会有人放河灯的，所以它必将成为这个夜晚，这座山城的异类。只是看到在河风中摇曳的烛火，才发现夜里的时间是多么漫长。月光下杨柳的影子，在地上缓缓地移动着脚步，似是怕人发现它在被时间推动着。

烛火终于落下了最后的一滴泪，月光也随之变得冷寒了。正应了那句话，不是所有的等待，都能得到结果。转身离去的时候，早已熄灭的荷花灯，随缓缓流动的运河水，漂向了更远的地方，永远也捡不回的地方。剩下的，是月亮在西边的天空，肆意地散发着它的寒光。

当骄阳在天空散发火热的时候，就已是进入仲夏的节令了。我应该是许久未曾见过你的身影了，我不清楚是不是你厌烦我的用意，还是我在逃避着你。

但那应该是不重要的了，这一天总会来临，只是早与晚的问题。这是六月的最后一天了，我想到要去看看夕阳。那个熟悉的堤坝，许多都未改变。只是柳条儿更加茂盛了，还有此时此刻该出现的人，却再也没有出现过。夕阳缓缓地变化着色彩，直到变得鲜红欲滴，一截一截地往下坠着。

此刻，却能清晰地感觉到，自己的心也在一点点地下沉着。似乎是看到了你的身影，与夕阳的余晖交映在了一起，一起坠入黑暗的地平线下。

而我的梦，也应该在这一刻清醒了。

其实，一直在想，如果那个时间，那个地点，我没有抬起头，没有在那个桃花春雨的季节，遇见那缕含水的眸光，是否这以后的光阴，就不会这么漫长了。但是若是真的没有遇见，恐怕也必是自己生命中的遗憾了。所以，如果时间能倒着走，我还想再遇见你一次。

尘世中，必然存在一种不可得的爱恋，那么，不如就让我们把它收藏在心底，一段缠绵在梦与现实中的回忆。

在谁的心里，你从未离去。在谁的心里，你是永恒的风景。（荒城月）

专一是喜欢一个人的时候，一心一意

生命中，有些人即使不在你身边也能让你微笑，这样真好。

透明的雨衣放在院子里晒太阳，金黄色的光晕在雨衣上画着地图。哪一条路线才是通往你心里的捷径，我不知道。

人间四月，街口的桃花迎着春风笑开了怀。我闻见香气从街口传来，满满都是四月人间的味道。你的影子在哪里伫足，我不知道。

车水马龙，人来人往。每一个跫音都是一个等待的期盼。

我翘首等候的四月早已降临，那股四月的风此刻正扬起我的发梢。我站在最初的那个街口，翘首盼望你的身影从身旁经过。那一刻桃花虽然璀璨，亦抵不过你脸上笑靥胜花娇艳。

夜里，没有梦。

凉风从窗而入，扬起白色的窗帘如帆，我仿佛看见深邃的海，海浪袭来的时候带着海风，我似乎闻见沙子的味道，阳光的味道。

夜里，没有花。

月光从窗而入，映衬白色的墙如时光，我仿佛看见时光的脚步，静悄悄而来，在我身边旋转，我似乎看见它的样子，笑着跑着哭着闹着，然后远去。

夜里，没有你。

凉风和月光从窗而入。月色苍茫，看不见我为你种的花。时光从墙壁穿过，就像那一米阳光我还来不及紧握，它却早已不见。我看见久违的大海，在夜里与我相遇。我蹚过它的海浪，踏过它的海沙，却始终看不见你真切的样子。

夜里风起的时候，我看见星星眨着眼睛对我微笑，我为他们晃动双手，我不知道他们看不看得见。

夜里风起的时候，我看见路灯晃动他修长的身躯，我为他们摇晃脑袋，我不知道他们能不能感觉得到。

夜里风起的时候，我看见你朝我走来，我为你露出笑脸，多希望你看得到。

推开窗，把自己深深地埋进四月的风里，我想要告诉你，我要把喜欢放进风里。如果有一天四月的风吹过你的身边，请你一定要记得收起我放在风里的，对你的喜欢。（佚名）

爱过你，
本身就是一件很值得的事

回忆起来的时候，才明白，即使不曾说出口，爱过你也是很值得的一件事情，而我的离开，也是爱。

高考结束后的那个暑假，她剪了短发。被阳光晒得有些黝黑的皮肤，就在一起去上学经过的那家书店门口远远地朝我招手，开心地笑着，露出她特有的洁白的兔子牙。我远远地便看见她了，她还是像以前那样，白色的卡通 T 恤，九分牛仔裤，然后是薄荷绿的帆布鞋。

我看着她，一步一步朝她走过去。因为贴近她，更加清晰地看见她那双水汪汪的大眼睛。很多时候我最想做的是用手把她的眼睛捂住，因为，那双眼睛看久了，我会忍不住沉沦，深陷其中，无法自拔。

我笑着用手拍了拍她的头，故意把她一头俏皮的短发弄乱，便看见她皱了皱眉。那时候静世安好，而我竟没有勇气把她揽入怀里。

我看着她扯着我的手臂，像很久以前那样，不停地叽叽喳喳地讲着她看见的好笑的事情。我也不说话，只是静静地听她对我讲。如果这样简单的关系可以维持一辈子有什么不好呢，我总是这样想。

不是没想过，那么美好的她，以后应该会有一个比我更好的人陪在她身边，那个人一定比我更有勇气爱她。而我不行，我还在踌躇不前。

在多少个梦见她的微笑醒来的夜晚，看着窗外有些幽深的月光告诉自己，不能喜欢。

她还在说着什么，我也已经有些模糊得听不清楚了。我只是侧着头看着她的侧脸，干净的脸颊，淡淡的红晕，小巧的嘴巴，坚挺的鼻子。就这么看着，竟也觉得心里那颗看似平静却开始失掉往常的频率不停加速跳动着的心，手心开始不断地冒汗湿润。张口想要说些什么，却也只是张了张口，什么都没说。

可能是那天的阳光太过灿烂，可能是那天的天空太过蔚蓝，可能是那天的风太过和煦，可能是那天的她太过美好，让我都不忍心打破这一切。

最后，我想说的是，原来我众多的借口，都只因为，那些沉淀在心里的爱，我一直说不出口。

我记得那天的最后，她笑着先我一步坐上了开动的地铁，我朝远去的车厢奔跑着。在地铁关上门的那几秒里，她对我说了什么，一定是对我说了什么，只是我没有听见，我想跑去问她，可是她在的那节车厢早已将我远远地甩在身后。任凭我怎么跑，直到尽头，它也不曾为我停下来。

后来，就像是我们从来没有认识过一样，各自消失在自己的世界里。偶尔在深夜手机信息铃声响起的时候，会突然从梦中惊醒，抱着侥幸的心理，想象着那会不会是她的信息，只是每每都是失望。

后来的我，渐渐地，遇见了许多人，跟许多人周旋在爱情暧昧的氛围里，一天一天过着，我还是会想起她，那个街角，那个微笑，那个女孩朝我跑来，那段时光。

只是在恍然醒来的夜里，竟也离我那么的遥远，像是几亿光年以外的世界，而我竟也独自一个人活得那般的永久。

回忆起来的时候，才明白，即使不曾说出口，爱过你也是一件很值得的事情，而我的离开，也是爱。（佚名）

所谓远行，
不过是我走向你的那段距离

我一度以为，最富有意义的远行是世界上每一个值得去探究的角落。
直到我遇见你，我才深切地明白，所谓远行，不过是我走向你的那段距离。

远方的烟囱，正冒着轻烟，我远望着它，却看见了风，远方的风筝，正高高挂在天际，我仰望着它，却看见了风，远方的你，正向我挥动手臂，我凝视着你，却感觉有风经过。

看腻了灯火阑珊的喧嚣世界，便开始怀念记忆中的小桥流水人家；听腻了所有爱情的靡靡之音，便开始怀念睡梦中的清汤小曲；想尽了所有你拥有的模样，却依旧怀念每每你回眸的每一个微笑。

我站在桥上仰望，溪水径流，没有阳光，没有梦；我站在桥上眺望，杨柳依依，没有烟花，没有花；我站在灯火阑珊处，翘首张望，人海茫茫，没有你，没有荣归。

于你之后的那些旧时光，竟像一杯纯净的水，透明，在阳光里闪烁着光芒；于你之后的那些旧时光，竟像一场璀璨的梦，难忘，在岁月里颠沛流离。

我一度以为，最富有意义的远行是世界上每一个值得去探究的角落。直到我遇见你，我才深切的明白，所谓远行，不过是我走向你的那段距离。短暂，却足够让我用尽一辈子的时间去走完。

我一度以为，最富有深情的眺望是世界上每一个值得去沉思的山水河流。直到我遇见你，我才深刻地明白，所谓深情，不过是你笑着向我看来，你刚好能感应得到我默默藏起来的情感。

我们总在遇见，我们总在经过。我们总在偶遇，我们总在错过。

我不过不经意给了你一颗种子，你却赠予我满树枝繁叶茂；我不过不经意给了你一滴水，你却赠予我满湖甘泉之露；我不过不经意经过你身旁，你却赠予我这辈子尘埃落定。

不告诉岁月，我爱你有它静悄悄斑驳走过的痕迹。

不告诉流星，我爱你有它华丽划过天边的光线。

不告诉每一个和你的道别，我爱你在每一个道别之后的夜里更加的深沉。

想你的时候，有风经过。

不要告诉它，我怕它会把我的思念带给你。不要告诉它，我的爱，并不需要你知晓。

默默地爱你，心是自由的。

默默地爱你，所以，愿意你也是自由的。（尔曦）

你尚年少，
我还未老

无论时光如何流逝，年少的那段爱恋，永远在记忆里闪闪发光，任何时候想起来都美得令人恻然。

你尚年少，我未老的青春年华，我们的眼里，只有最简单的爱情。

窗外的风景在年月的更迭里又一岁荣枯，那些念念不忘的人，都似夜风遁入的回声之多，在我年轻的生命里徘徊了几次，便只留下一生的寂静任我回溯。

我辗转于朋友那里听到你的消息，大概我们浅尝辄止的缘分，使你似蜻蜓点水般在我心间荡漾起轻浅的涟漪，最后一切终归寂静。

我只是诧异，在那样盲目而又悲伤的岁月里，路过我生命里的人那么多，我却只为你静默地守望了几载时光，却在一个星辰寥落的夜晚幡然醒悟，原来有些人即便我现在还喜欢着，却再也不会像当初那样毫无保留地不计后果了。

现在的我，站在二十岁这样一个青黄不接的尴尬路口，再也没有过多的青涩年月做赌注，我也曾执意倾尽此生去苦苦等待，而今想起便只剩心酸了，于你我已赔上了一场的情动。

也许太年轻，那些在荒芜的年月里微小的悲难，仿佛都是一场突如其来的大变故，却也放在不轻易述说的沉默里，静待幻化成虚妄的泡沫，消失在视野里，即使我们冥冥之中并不想忘记，也会在瞬息的时光里将彼此曾托付的感情消磨殆尽。

想起癸巳鸣蜩的五月我曾决意要忘记你，后来才发现忘记抑或是想起又有什么重要呢。

时间总是不停的，从我们未经风霜的身上碾压而过，当我们从尖锐的疼痛里日渐清醒时却再也无从想起，这便是你我之间最好的结局。

年少时的爱情，从来都是如此浓烈，一颗心只为那一个人。后来想起的时候，都分不清自己是那样爱过一个人，还只是怀念那段为爱奋不顾身的时光。

有人说，一个人少年时一定要经历一场暗恋，为此思量，为此忐忑，为此不顾一切。体会此间暗涌的强大力量，这将是一辈子最美好的时光。

无论时光如何流逝，年少的那段爱恋，永远在记忆里闪闪发光，任何时候想起来都美得令人恻然。你尚年少，我未老的青春年华，我们的眼里，只有最简单的爱情。（乔雨未央）

对于某个人而言，你是他的全世界

如果我看过你看过的世界，走过你走过的路，是不是就更靠近你一点。

你寄来的照片，已经集满了一本厚厚的相册。

你的每张照片都笑靥如花，背后是一大片一大片的阳光。既美好又夺目。

你寄来的明信片，已经存满了厚厚的一叠。有些已经布满尘埃开始泛黄。你的字迹也开始像花般晕开。既怀旧又炫目。

我路过你去过的每个城市。

想象你曾经也像我这般，抬头看向那片蓝天，闭着眼睛深深地呼吸，那时候的风是否也曾经吹乱你的发梢。

你提过的那个书屋，你去过的那个咖啡馆，你路过的那个街角，你拍过照的那棵树。一切都那么清晰，想象着像你那样，一一地到过这些地方，然后情不自禁地拿起手上的相机把它们都定格。

可我终究什么都握不住。就像那相机的寂寞，记录了所有，那些所有却不会是属于我的。就像你，从来都不是我的。

阴天的午后，有些凉意从单薄的衣服灌进身体里。

手里拿着热咖啡不停地哈气，有些轻烟袅袅的情怀在那个喧嚣的大街上就那么不由自主地产生了。想象这时的你站在街角，冷漠地看着红绿灯的跳转，行人的匆匆，车辆的循环交替，一切都在有秩序地转动变化，只有内心的不平静，在喝一口咖啡后，把所有的叹息跟着咖啡咽进喉咙里，似乎这样就什么都消失不见了。

还是那件有些破旧掉色的风衣，立起来的衣领在风里割过脸颊，有些瑟瑟的疼痛在你皱眉之间也竟消逝了。路过一个熟悉的便利店，忍不住进去买了本杂志，通篇都是粤语。你还是会皱着眉把它看完，然后在心里默念那些在你看来并不喜欢的广东话发音，谁让你是正宗的广东人。

我都是这样，一边走着你走过的地方，一边想象着当时的你站在这样的地方都做过些什么。这样的想象有些冷涩无趣，但在我看来却特别的贴近你。手里还攥着你寄来的明信片，对照着真实的地方，总在心里质疑着，我终究还是来到了你曾经停留过的城市，有些熟悉感在想到你的时候全然冒了出来，没有任何预兆。

从飞机到火车，到高铁到巴士，到地铁到公交。我不知道现在的我有没有靠近你一点。随手摘的那片叶子开始在日记本里干枯的时候，我发现我的日记也开始在那样看似接近你的日子里荒芜。

可能有一天在风里，你可以和我的心情偶遇，不知道那时候会不会跟你的心情谱写出一首悠扬动听或是枯燥苦涩的词曲。但这些都不重要了，因为你我始终不遇。

在那样追逐你的日子里，写起了冗长苦涩没有丝毫意境的小诗。是下里巴人或是阳春白雪都不重要了，在把它们塞进信封的时候只是想着只要你懂，只要你看得懂就好。

有些时候等待你的音讯是我最难熬的时候。仿佛跟全世界都失去了联系，而我一人在孤独的岛，等不到靠岸的船，日复一日的负面情绪也像烟花般绽放得既高调又绚丽。然后情绪像涨潮，一来一往，把自己逼到悬崖，然后纵身跳了下去，不知道悬崖下面是万丈深渊抑或是无垠大海。

在这些静世安好的岁月里，我追逐着你的步伐，去你去过的地方，却始终没有办法与你并肩齐驱。你总是远远地把我甩在身后。

可你仍是我的全世界，纵使你我终年不遇。（尔曦）

青春的另一个名字，叫作徒劳无功

在我还在考虑什么是青春的时候，青春已经悄悄溜走了，
突然觉得那个所谓的十七岁，那个纠结不安的十七岁，那个寂寞热血的十七岁，
居然那么像是一个幻觉。

很久以前，一个朋友对我说，他最大的梦想不过是被自己暗恋的人暗恋着。时至今日我跟那个朋友早就断了联系，却暗自诧异着我居然把这么一句话记得那么清楚，也不知道他最大的梦想实现了没有。

生活永远不会像电影，它充满着遗憾和不确定，我们有着电影里男女主角的影子，却不一定会有他们那样的结局。

突然想知道十七岁的你在做什么。因为朋友对我说那句话的时候，我们还都是十七岁。那个时候的你是情窦初开吗？是为了那个女生辗转反侧难以入睡吗？是吻过她的脸以为和她能永远吗？转眼这么多年过去，经历了大学，毕业之后的我们，看过那么多背叛，经历过

分离之后的我们，还能对别人说出一句“我爱你”吗？是当时懵懵懂懂却最认真地说出的誓言珍贵，还是数年之后你漂泊打拼成熟之后对好不容易找到的人说出的“我爱你”更珍贵？这个问题，我始终没有得到答案。

那一年的你喜欢上了某个人，也许她不好看，成绩也不像沈佳宜那么出众，也许你喜欢她只是因为那天她在校门口笑着跟你说了句话，你就是这么喜欢上了。

那一年的你为了她的生日四处奔波却悄悄不让她知道；那一年的你跟她煲电话粥聊天聊到天亮其实你早就困得眼睛都睁不开了；那一年的你送她回家她对你说我们会是一辈子的好朋友对不对，生生把你的表白给憋了回去。

你总在学校里刻意制造各种“偶遇”，想让她觉得你们是注定的缘分；你们总是隔着半个班级传字条讲属于你们的悄悄话；你听到班级里传起了有关你们的绯闻，你假装很生气却暗自开心你们的名字能被联系在一起。

可是那然后呢？

也许你们开始了这段感情，也许你们没有，也许她身边出现了另一个他，又或者是，你们喜欢把互相耗在青春里，却没有在一起。那个时候总想着毕业了就能在一起了，可是真的毕业的时候，却怎么也找不到在一起的理由了。再后来某一次的同学聚会上，你终于还是对她说“其实那个时候我很喜欢你”，她盯着你的眼睛用力地点点头说“我也是”，得到答案的你却也只是笑笑，说不出自己心里是遗憾还是难过。

岁月是神偷，很抱歉你们谁也回不去了。你想她一定听到了你心里对她说的“谢谢你，再见”。

《那些年》被搬上银幕之后，朋友还跟我聊起来当时在课上偷偷看的书，现在居然都已经拍成电影了。那个时候我却始终没能明白沈佳仪的那句话：“人生本来就有很多事是徒劳无功的，但是我们还是依然要经历。”

转眼已经四年过去了，一年又一年时间飞逝得远比想象的快。毕业后跟她回母校，以前的教室仍然在上着课，我最头疼的物理；操场上篮球场上挤满了人；走廊里男、女生在偷偷讲着悄悄话；食堂、会议室、红色的教学楼，一切如常。我才突然明白，原来青春的另一名字叫徒劳。

它一直没有变，它只是我们路过的一站，我们经过了，就没了，可后面还会有人陆续经过这一站。可我们经过了就没办法回去了，只能远远地看着，暗自怀念不已。

这样的一种徒劳无功，一如我当时那么喜欢她，一如她为了等我在寒风里等了很久，一如最后我们还是分开。那一年我们终于一起去看了一场五月天的演唱会，那一年你最难过的时候我没能陪在你身边，那一年你说我们都不小了，不能再任性了。那一天我又一个人去看演唱会；那一天陈信宏又唱起了那首《温柔》；那一天凌晨你打电话给我，我听到你那里在放《突然好想你》，我们却谁也没说话。

爱情会再来，可是主角多半不是你青春里爱过的那个。旧朋友离开了会有新的朋友填补进来，但青春的回忆只有曾经的同学和老友才能共同回忆。

最遗憾的是，青春不会再回来，最好的日子过去了就是过去了。

可我依然会为了那些有关旧时光的电影甘之如饴地埋单，因为青春不过是淋了一场雨，感冒了，却还想回头再淋一遍。

即便我们知道太多事情是徒劳无功，即便我们知道有一天我们会变成不动声色的大人，即便我们知道总有一天我和她的结局不过是分开，也许更坏，会变成陌生人，可是我们依旧会去做，我们依旧会开始那段感情。

这个世界上，没有一份感情不是千疮百孔的，区别仅仅在于你如何看待它。

有些人注定只会放在你的心底，而消失在你的生活里。你从心底知道自己是爱她的，尽管已经记不起她的样子。因为这爱如此深重，以至于你一度以为自己会忘不掉。

直到有一天你发现，那些堆积在心里的思念，竟然不知不觉变得无影无踪。至少她曾经让我觉得，遇见她，是一件值得被祝福的事。

那么，下一个四年，你又会在哪里？

在我还在考虑什么是青春的时候，青春已经悄悄溜走了，突然觉得那个所谓的十七岁，那个纠结不安的十七岁，那个寂寞热血的十七岁，居然那么像是一个幻觉。

也许某天你还会突然想起她，那个曾让你对明天有所期待，但却完全没有出现在你的明天里的人。你想起十七岁的那份感情，突然笑出声来，那个时候的自己多傻呀，却又傻得很值得。

错过了那个人，也许这辈子也就这样了。失去了缘分的人，即使在同一个城市里也不太容易碰到。回忆越来越美，旧时光却把你困在里面出不来。可是就在你沉浸于回忆中的时候，你错过了一个又一个人。到底是要错过多少人，才能遇到真正对的那个人。

也许终有一天我们会发现，我们那么怀念的，不过是当初的自己。那么，又有多少人以朋友的名义守护一个人呢，在彼此最美好的时光里?

那一年，一场名为青春的潮水淹没了我们。退潮时，浑身湿透的我坐在沙滩上，看着最喜爱的女孩子用力挥舞双手，幸福地踏向人生另一端。下一次浪来，会带走女孩留在沙滩上的美好足迹，但我还在。刻在我心中的女孩模样，也会还在。

说不定这世界上最好的感情，就是你喜欢她，她喜欢你，你们却没有在一起。（骑猪流浪）

总会出现一个人，他让你的欢笑和泪水都充满意义

他是你记忆里的一个盛夏，是最绚丽的邂逅，也是最凄迷的结局。

暗恋一个人，就像是茫茫黑夜道路中的一盏路灯，没有一位路人会注意到它的存在，但是它却心甘情愿地为路人提供着光明。

每个人青春年华里都会遇到这样的一个人，她悄然无声地走进了你的心里，却没有走到你的身边，她取下一片叶子覆盖了你的红颜，惊艳了你的世界。她存在于你心灵最柔软的角落，在你悲伤或者开心时你都会想起她，她是你记忆里的一个盛夏，是最绚丽的邂逅，也是最凄迷的结局。

淡淡地坐在青春的渡口前，守着一份纯真的执念，翻阅着光影的流年，一幕幕情感的归依，把破碎的记忆装点。怎样一个偶然的开

始，一个朦胧的瞬间，竟让无尽的思念如流水般漫延，青春的独幕剧就在此时上演，那个人悄无声息地走进我的故事，而我走上了青春的另一个舞台，从前到后只有一个人，却演绎着两个人的心酸。

推开岁月那扇虚掩的门，许多年华终于被渐次搁浅，而你，就像流光里的剪影，游走在梦与现实的边缘。我把心里最重要的位置给了你，却忘记了留下什么位置给自己，或许爱情真的像一副深刻的毒药，可以让我对你的爱恋随着年华一起沉淀。

迷离的暗恋，模糊的爱情，就这样不知不觉地消遣了我的青春。时光依旧，而我依然。

我好恨命运的巧合，为什么会让我青春的年华里遇见你，徒留一段无语的伤悲；我好恨时间的节拍为什么会奏响得如此之快，匆匆的遇见之后是匆匆的别离；我好恨自己为何如此的懦弱，直到走到十字路口的终点的那一刻，也无法向你诉说我的心意。

时光在寂静的无言中逝去，夹杂着寒冷的气息，青春的洪荒，把一条条盘根错节的心绪纠结在了一起。每天对着自己的影子期盼，希望能够天天见到你，然后在你的面前展示一个上满了发条的自己，希望能够尽心竭力地为你分担你的责任，卸下你愁锁的心绪，给你一个温暖的臂弯支撑你。总是费尽心机地遨游于书籍的世界，希望能够找到让你开心的话语然后说给你听，因为每次看到你开心的笑容，都是我一天幸福的开始。

我不知道为什么每次一见到你我就会乱了心扉，慌了举止，息了孤寂。我不知道为什么每次看到你和别的男生在一起我就会莫名的油然而生一种醋意，我不知道上苍为什么安排我和你在这样迷人的地点相遇，却又在我们之间许下一个无言的结局。我更加不知道为什么会为了你的一个莫名的赞许而高兴不已，为什么会为了你一个忧伤的表情而让我的世界走向寒冷的冬季。

其实我知道：我爱你，真的真的很爱你。

我对你的感觉是如此的强烈，甚至迫切地想要对你说出我爱你，然而我却没有足够的勇气，因为我害怕我无法逾越我们之间朋友与爱情的距离，我害怕在我向你表达心意的那一刻，你不会接受我，然后向对待陌生人那样对待我，为此我宁愿做你生命中的配角，在你的背后默默关心你，爱护你，保护你。

当你问我为什么对你这么好时，我都以朋友的名义搪塞过去，其实你不知道当时我的心里是多么的失落与惆怅，我不单单希望我们是朋友，我更希望我们是相濡以沫的爱人，可以为彼此的生活许下一生的承诺，然后携着手一起走到白头。

我承认爱情的魔力，更相信曾经镌刻在三生石上的诺言，我承认我沉浸在了你给我的爱情的世界里，不知不觉间变成一个十足的傻子，莫名其妙地就被你下了蛊，心像被掏空了一样，整个世界里都是你，我也曾经不止一次地反问自己为什么会这样，可是直到现在，我也没有找到真正的答案。

我也曾在睡梦中无数次地梦见我们一起漫步在林荫小路的画面，温馨美丽，猛然间一阵寒风拂过，抽搐的身体被唤醒脱离了梦境。看看孤单的守在床边的自己，泪湿了眼，无神地望着窗外的蓝天，你的影子若隐若现，那是你吗？那是梦吗？如果那是梦，永远不要醒来该多好。

我知道我爱你，我多么希望，我能对你说出我爱你，然后你能反过来说给我的左耳听，然而这一切都是那么的虚无缥缈，永远存在于臆想的世界里。因为我爱你，所以我会尊重你的决定，然后毫无保留，彻彻底底地退出你的领地，让你无所顾忌地去拥抱自己的幸福。

一切的一切，爱上你我不后悔，后悔的是我永远不知道你爱不爱我，后悔的是我自始至终都没有勇气对你说出我爱你，也许我们的故事即将结束，但是我对你的爱恋和思念将永远延续。也许时间会带走一切记忆的碎片，但是属于你的那片碎片已经在我的心口划下了一道痕迹，需要用一生的时间来抚平。

爱情是两个人的事，而爱上你却是我一个人的事，我不知道你是否爱我，但是我爱你。我爱你永远是一份不变的存在，纵使时光蔓延了老去的青苔，岁月抹平了青春的棱角，我的心胸也永远为你敞开，如果今生我可以与神许下一个约定，我希望神赐予我的不是你，而是你的幸福。然而，你知不知道，懂不懂我为你所做的一切，都已不再重要。

谢谢你走进我的内心，谢谢你让我明白爱情不一定要在一起才是最终的意义，谢谢你给我一个舞台让我唱完这场属于青春的独角戏。(如梦如殇)

十七岁时爱上的侧脸，以为那就是永远

我看过沙漠下暴雨，看过大海亲吻鲨鱼，看过黄昏追逐黎明，没看过你；
我知道美丽会老去，生命之外还有生命，我知道风里有诗句，不知道你。

眼前的树木匆匆地向后退去，公交车内的噪声并未影响到他一丝一毫的情绪，只是因为他的心早已飞到了目的地，那是几座不算华丽却很平凡的院子，几户人家，不远处就是正在修筑的工事，眼看几座崭新的楼房快要修筑完成，这平房显然与之形成了鲜明的对比，却自成一处风景。

他呆呆地望着窗外，思绪逆着时光飞快地一退再退。

他想起他刚进入高中那一年，她在他家玩游戏真到很晚，他送她回家，走在路上，正是良辰美景，花前月下，他挽起她的手，她低头不语却并未挣脱。一学期后，他向她委婉告白，他许诺，她接受，他感慨万千，欣喜若狂。

他最终还是确定她心有所属，他最终还是接受。一学期的恋情，如此短暂，只是他曾想过的天长地久却不过是浮光掠影，她带给他的，他终究只能默默忍受。

他曾细细想过她从未下过前十名的优秀成绩，他曾为她清丽的容颜而惊艳。或许，这样的女子他何德何能拥有她一世，他却只想用自己的方法守护她。

泛黄的记忆一点一滴萦绕在脑海，多少美好的旧梦化为浅浅的笑流露在嘴角边。窗外的景色被陡然定格，他被熟悉的街道瞬间拉回所有的思绪，整整衣衫，随着众人的脚步仓皇地下了车。

天空依旧蔚蓝，只是他眉宇间的忧伤却不曾减淡，这次来，只是以玩的借口偷偷看她是否安在。

命运从不会眷恋任何一个人，即使他走遍所有他们曾拥有过的景。一步一脚印，只是他越走，心就越慌，越走，心就越凉。只是天空偶尔飞过的孤鸟，似乎宣誓着一切的结束，他能感受到的，只是越来越模糊的天空，越来越模糊的世界，如此刺痛人心的阳光却怎么也蒸发不了他眼中的迷雾。

她如一朵圣洁的雪莲悄然出现，他却慌乱了青春，慌乱了流年。

他从不曾想到会再次见到她，他总以为只要细细数着过去的点点滴滴，便是最好。

他静静地趴在桌子上，一篇被翻了三遍的文章又再次被翻开，他沉浸在主人公的叙述里，突然一阵敲门声将他惊醒，后排的同学打开了教室门，陡然间他听到了一个熟悉的声音，灵魂被重重地触碰，那是他魂牵梦绕的声音啊！他不可置信地想回头，身体却僵住，她为什么会出现在这里，他却已经顾不得想这些了，他乱了。

他终究静静地看完了文章，却没有人知道他心里已是万马奔腾，她终究还是走了，她的心里一定很失望吧！她或许以为是他没有发现她，她或许以为是他忘了她，其实她永远也不会知道，他早早就发现了她，在校门外，在大树边。

如果真要找个不想认的理由，那就是她距高考还有两月吧，他不想她分心，或许是他多想，她又岂会为他分心，他不知道自己默默恋她会多久，但曾经的美好应该是不锈的吧！

那年，十七岁，我们各有各自的故事，正如每一朵花都能演绎出自己的千姿百态。面对着匆匆而逝的烟花流水，却可以以照片的方式留下永恒的瞬间，而那些被我定格的美好画面却再也不会出现，我却只能以文字的方式去祭奠那些消散的美好流年！（诗心之失心）

第二卷

我的快乐只有你能给

如果这一生我可以有 999 次好运，
我愿意把 997 次都分给你，
只留两次给自己：
一次是遇见你，
另一次是永远怀念你。

唯有想你时，
才觉得心依然在跳动

我真的很想在这宁静的夜空里呼唤你。
尽管我知道，漆黑的夜无法将我的心声传得很远。
但我总觉得，无论多远，你一定能够听到。

今夜，我长坐一晚静静地想你，想知道你有没有在想我；想知道当你凝视远方的时候，你的眼前是否划过我的身影；想知道当你走进甜美的梦乡，是否看到我在梦的路口等你。

我喜欢静静地坐在这里想你。虽然，我不知道这样静静地想一个人，对方是否能真切地感受到。如果你常常会有一种莫名的心动，你是否知道这是因为我在远方静静地想你?

就这么静静地想你，静静地在心底呼唤着你。我真的很想在这宁静的夜空里呼唤你。尽管我知道，漆黑的夜无法将我的心声传得很远。但我总觉得，无论多远，你一定能够听到。我喜欢这样想你，让自己的心有了柔柔的疼痛和幸福的甜蜜。不经意间，我会静静地想你的名字，想你的身影，想你的笑声，想与你相拥在雨中漫步，想与你在幽幽月光下携手相依，然后一起慢慢老去。

如果可以，我情愿是一只小鸟，可以飞越万水千山，停在你窗前的树梢。你窗前独立的老树是寂寞的，夜空中沉默的那轮皎月也是寂寞的。但我不会寂寞，因为我离你是那么近，我喜欢你窗前散发的淡淡的灯光，温馨而祥和，我可以真实地感受你的气息。

但我不会鸣叫，不会打扰你的清净。我只是轻轻地梳理自己被风吹乱的羽翼，整理自己疲惫的心。然后，默默地站在你的窗前，静静地想你。

也许我在等待，等待你给我的一个奇迹。但我还是有一点害怕，害怕这只是一个遥不可及的梦。

我知道，我不能渴求很多，我只希望我能够一直这样静静地想你，很多时候，就这样静静地想一个人，其实也是一种幸福、一种期许。

窗外，月光如水，我的小屋里，早已心事堆积。品一口香茗，让淡淡的夜曲如流水般弥漫。放飞心绪，今夜，让我静静地想你?

喜欢这么静静地想你，只有想你的时候，我才不会感觉那么寂寞；只有想你的时候，我才发现原来我还有你可以依靠；只有想你的时候，我才觉得心依然还在跳动。（佚名）

我能想起的快乐里，都有你

翻开那发黄的扉页，有些字迹已经模糊不清。
每一段都有你的影子，你那美丽的笑容仿佛要呈现在我的眼前。
灿烂的阳光洒落在书桌上，你的身影还是那么令人留恋。

是否青春已去，总找不到丝毫的动心。是否还有那时的懵懂，路过教室门口只为了看她一眼；是否还有那时的羞涩，与她说话时总是挠头傻笑……

翻开那发黄的扉页，有些字迹已经模糊不清。每一段都有你的影子，你那美丽的笑容仿佛要呈现在我的眼前。灿烂的阳光洒落在书桌上，你的身影还是那么令人留恋。

静静地阅读着每一段里的你，心里荡起了那时的情怀。有你的时光总是那么的快乐，也不知道自己在高兴什么。总是觉得你的笑容一直在为我加油。

日记里的你早已与我疏远了，但一直活在我的心里面。现在早已没了你的音讯，不知像这么安静的夜晚，你是否会像我一样，想起过去的这么一个人。可能那个人不是我，但我还是那么期待你像我一样的怀念着过去，因为也许这样有可能在你的脑海里会闪出我的身影，记得还有一个这样的我。

文字里总觉得那么苍白无力，也许再华丽的词语也无法表达我此时的心情。再怎么努力去写，还是感觉少了些什么。如今的我已经无法再回到那时的美好时光了，但望你能够安好。

安静地躺在床上。沉重的眼皮慢慢地闭上，思绪越飘越远，飘回了我们曾经的校园，回到了热闹的教室里面，阳光从窗口洒落在书桌上。一回头，你还在我的身后专心地听着课。你抬起头望着我绽放着美丽的笑容，依然让人如此的陶醉。（雨季低沉）

因为爱过你，
我发现了更好的自己

在最美好的岁月里遇见一个让自己倾心的人，没有靠近反而更让我懂得知足。
你那么美好，美好到我愿意静静地看着你，那也是一种幸福。

邮箱里静静地躺着一篇私密博文，如果不是整理博客，我甚至忘了还有这样一个青涩的秘密。

当我真的决定要给你写封信时，连我自己都怀疑我是不是真的疯了。曾经在我看来，这样做是如此的不矜持，可是现在，我鼓起全部的勇气，只为告诉你我喜欢你，仅此而已，却也是全部。

现在你很想知道我是谁，对不对？说来可笑，我的影子可能从没映入到你的脑海里，而我，却还是无可救药地陷进了所谓暗恋的泥潭里。我甚至还能清清楚楚地记着一年前的早上，遇见你的那一刻，你的眼睛，你的下巴，还有你的声音。

也许，当时遇见的是别人，我也会莫名其妙地陷进去，可事实上，就是在一个错误的时间，错误的地点，错误的背景之下，我莫名其妙地喜欢上了你。

其实，有一段时间，我也很奇怪，我到底喜欢上了你什么呢？其实，每个女孩子都很清楚，一见钟情是不可靠的。

可有些事一旦发生就无法改变了，纵使那夜寄予流星的夙愿永不肯实现，我也还是依然如故的执着，因为当我决定去喜欢你的时候，就已经在执迷不悟了。

可是为什么这一切，还是要无所谓地发生呢？为什么喜欢你，便再不能说服自己。有些东西不可以触碰的。可是为什么我的心，就是要执拗地决定呢，明明知道坚持的后果就是伤心与难过。可是为什么我的头脑，就是不肯让理智驾驭情感呢，不顾一切地出卖自己，卖给了一场镜花水月的纠葛。

我喜欢你，但是我不是有意要打搅你的生活，如果我没有在你毕业之前告诉你，半年后我怕我后悔都来不及了。以这样的方式对我来说最过委婉，因为我怕，我怕在这帷幕即将拉开的时刻，你会突然消失在我的面前，让我独自面对自己无法再剪理的凌乱。总的来说，这还算是一封情书，只是作为一封情书，它并没有完成自己的使命。

那天，我在学校红榜前站了很久很久，为了找你的名字。雪糕都化成了水，滴答滴答落在了地板上，像黏稠的眼泪。

我后悔没有勇气把信交给那个你，一个青春洋溢，活力激情的男孩子。而现在，我觉得这是一种幸运。在最美好的岁月里遇见一个让自己倾心的人，没有靠近反而更让我懂得知足。你那么美好，美好到我愿意静静地看着你，就是一种幸福。青涩的光阴因为你而变得有意义。

谢谢你在我的心里留过。谢谢你，让我的回忆多了一份情怀。

(七八个星天外)

你不是我喜欢的那种人，却是我喜欢的那个人

有那么多事情，是我无能为力的。
比如生老病死，比如时光流逝，比如我爱你。

爱就是爱，你给我一个萤火虫，我当作是太阳。

默默地关注一个人，静静地期盼一份可能永远也不会降临的感情，不想让对方知道，也不想对世人公布。在深邃的月光下，看得见对方若隐若现的身影，却摸不到对方飘动的衣衫；闻得着对方身上淡淡的烟草味，却不去依偎对方的关怀。

路过白驹过隙般风景一样的青春，由时光隐喻地将它串成美丽的项链，缠绕在记忆的颈上，让年少不只成为在旧时光里的秘密。一直相信，每个人心里都有一座地下城，把不会重来的时光放进去，把不能再相见的人关起来。

TIME

我的心始终为你而紧张，就像你口袋里装了怀表，
你对它绷紧的发条没有感觉一样。
你在它那滴答不停的几百万秒当中，只有一次向它匆匆瞥了一眼。

每个人的心里，
都有一份长长的清单，清单里写着很多美好的事，
可是，它们总是被推迟，被搁置，
在我们甜蜜又伤痛的青春里，变成了心底的遗憾。

在朗朗的月光下，在幽暗的树林里轻吟一个人的名字。你看，生命如果只是甘于遵循，那么它一定是苍白无力的，而这段最久远的暗恋情事将成为生命的白纸上，最复杂的一笔。

时光不会倒退，所以那些偷偷摸摸、小心翼翼的年华再也回不去了，记忆里的少年或许正在大洋彼岸，或许近在咫尺，却没能相见。

但仍相信，在未来的某一天，全然释怀了那些不安的昨天，然后在朋友的聚会上再次相见，落落大方地走到他跟前，微笑着说：年少时我喜欢过你，曾经，它是我的秘密。

无论你青春年少或是已夕阳渐红，无论你曾经多么骄傲或自卑，曾经你都在心里种下了一颗叫作“暗恋”的种子。它可能不曾发芽或很快早夭，但也许幸运的能在阳光下绽放自己。

暗恋是每个人都会经历的一种情感，只是有些人浅尝辄止，有些人终生上瘾。多年以后，也许我们以为已经忘掉了他，其实仍然有着抹不掉的记忆。明明是最纯粹的爱，却要永远埋在心底。曾经有那么一个人，有意无意地被你安放在了心窝里。

那些个年少时暗恋的情事，犹如这个漫长夏天的阳光，尽管温暖且明亮，但也都悄然而过了。

花谢仍有花开的时候，潮落又有潮起的时候，可是许多人意识不到，暗恋的情怀也许只有一次，过去了就不会再来。正因为如此，暗恋才弥足珍贵，才会被当作永远的美好在生命中珍藏，念念不忘。(佚名)

有的人说不出哪里好，可就是谁都代替不了

你说一辈子有多长呢，可能就在我擦掉眼泪的那一刻，
也可能就在我想要忘记你的每一天里就那样慢慢地过完了。

都说梦和现实是相反的，可是我想在爱情里，梦和现实是一样的。因为有着怎样的现实才会梦见怎样的梦。

我一直以为我做过的最悲伤的梦，是我梦见你不爱我，可是后来，我才明白，最悲伤的梦，是我梦见我爱你。

在爱情里，没有先来后到。即便我拿着可以爱你的号码牌排在爱你的最前端，你也可能忽略掉我爱上置于我身后的任何一个人。最可怕的不是现实，是我活在自己编织的梦里，盲目的忽略现实。

我从一开始就明白，爱必须是相互的。我没有办法说服自己不去爱一个根本不爱你的人，那我同样的也没有办法说服一个人爱上我。

有些人说不出哪里好，可就是谁都代替不了，爱得莫名其妙，爱得撕心裂肺，爱得刻骨铭心。只因为是那个人，只因为我爱你，你便是这个世界上最珍贵的。

在爱你的过程中，我终究是明白了那样的一句话：爱上你，我可能只需要一天，可是忘记你，我却要耗尽我的一辈子。

你说一辈子有多长呢，可能就在我擦掉眼泪的那一刻，也可能就在我想要忘记你的每一天里就那样慢慢的过完了。

哭着睡着梦见的梦，不可能是快乐的。哭着醒来的现实，也不可能是快乐的。

我终究明白，爱你的这趟旅程，就像是一场哀伤的梦。我没有办法控制，我在梦里笑，在梦里哭，在梦里雀跃也在梦里失望，在梦里挣扎也在梦里明白。

我做了所有关于你的梦，可每一个梦里都没有我。我在醒来或者睡下的每一分每一秒都像是在告诉我，你不爱我。

爱你，是一场悲伤的梦，那种卑微又委曲求全的梦，现在要醒来了。（佚名）

我有多想念那时喜欢你的自己

每个人都曾有过暗恋的时光，
也许直到现在，想起来还是有偷偷的窃喜与点点的落寞。
也许现在看起来曾经的自己很傻，但心底却是怀念着。

回望过去，似乎每个人也曾三四年地执着地暗恋着谁。年少时的感情，总是没有来由的，好像瞬间就萌生了，然后就细细密密地生长起来，像小时候在阳台上种的蒜苗一样，前几日还光秃秃的什么都没有，某一天就长出小苗，不注意它，过些日子就噌噌地长起来了。

在心底默默地喜欢一个人，就像在心里养一株植物似的，你用那个人的言语表情，动作神态，日常能观察到的各种琐事见闻，包括从朋友那听来的小道消息等滋养着这株植物，等到它已经能自由生长，再也不受你控制，反而要反过来控制你的时候，你就知道，它长成了。

有趣的是，当种子不经意掉进你心里生根发芽的时候，你只是慢慢注意到这个过程，开始每天关注这个人的一举一动，当然是装作不经意，担心太刻意，其实很在意这样一天天继续着，这甜蜜的负担。偶尔说上句话也会开心半天，脑海里都是那个人的事情，被忽视会觉得异常难过，有些时候，这样的难过也滋养着这份感情。可是到底是喜欢的人，一边难过，一边还是放不下，改变不了喜欢他的事实。

思念在见不到对方的日子里疯长，把人给折磨透了，直到偶遇了，见到面了，症状才有所舒缓。见一次面，即使只是瞥上一眼，也够好几天的念想了。心底那百转千回的心思啊，也只有自己知道。

毕业离校，你再也无法轻易见到这个人。你和他的关联就到此为此。玛格丽特·杜拉斯说过，我不知道爱是否是一种感情，有时我觉得爱就是看……就是看见你。

对于暗恋这株植物来说，见不到是最大的威胁。尽管在无法见面的日子里它会积攒起更多的能量，比以往更加活跃地舒展自身，那却是以等待下一次见面为前提的。

于是日子久了，见不到的憾意，无奈也渐渐淡了，总归会把注意力转移到自己的新生活中，那个人，不过是走路时偶尔想起的名字，脑海中偶尔浮现的脸庞，而那容颜，也因为太久不见而模糊起来。

某一日，你只是兀自坐着，在寝室里自己的床边坐着，突然，宛如被闪电击中一般，又像是听到上天的启示，瞬间，你的心就空了，不再为这个人忽喜忽愁，起伏不定，那种曾如此喜欢的心情，像是蒙上一层轻纱，成为过往，真真切切地成为过往了。

“哈，就当是愚人节的玩笑吧。”你对自己说，轻笑了几声。

这些年，偶尔会想象一下长大之后再一次见面会是在哪里，在怎样的场合，会说些什么，还是根本没认出对方。以前是会像雷达一样四处探测，现在则是一眨眼你就出现在我眼前。不过，这样的偶遇，已经是人生中需要被感谢的事了，就像是偶然蹦出来的小惊喜小礼物一样，让你笑笑，多好。

喜欢过你，多好，那个曾那样认真投入地喜欢你的自己，我是有多想念。这便是暗恋的真谛，留下来的是回忆，是坦诚努力的自己。(漫长夜晚星若可)

因为喜欢你，
我努力绽放着自己

时间会把正确的人带到你的身边，相信有一个人正走在与你相遇的路上，
请你好好照顾自己，让自己变得更加优秀。
人生是一场盛大的遇见，你若懂得，就请珍惜。

我悄悄地喜欢着你，犹如淡淡的桂花香，你的一颦一笑在我看来都是美的存在。酸甜的暗恋成了心底最美丽的愿望。

我爱你这件事，我从今天起都记在日记里。我不敢问你，不敢打破现在平静的往来，因为现在的状况让我战战兢兢、如履薄冰。似乎总是我努力地保持着和你的联系，而且还要努力去做到轻描淡写。我想和你在同一个轨道，同一个频率，我以为这样会让我更靠近你。

可是我这样用心尽力地维系怎么会没有马脚和破绽呢，怎么会真的自然而然呢？感觉，是最无法表达的，但每个人都能很敏锐地捕捉到其中的信号。

我不知道你现在对我的态度，其实只是我不愿意去承认你可能不会爱我这个事实罢了。我这样地喜欢你，因为我觉得你值得，而我心甘情愿。但是，你依然友好，这便是我现在一半是海水一半是火焰的生活的原因。我为你每一次的出现，每一次的回应而暗自欣喜。

我对着镜子会莫名地笑，即使那一刻我并没有在脑海中映射出你的倒影，而是在微笑过后再默默地想起你。因为喜欢上你，我比从前更爱护自己。

我早睡早起，临睡前查看天气，当然，也会因为梦境而不安的时候，醒来之后我感激时间让我再次清晰地感觉到自己的呼吸，又能在这个世界上活过一天。我会干净整洁微笑着出门，骑着自行车或者步行去上班儿，看似日复一日，但我有想去爱的人，所以每一刻都是崭新的。

我更真诚地对待世界和遇到的人。因为我爱你，所以倍感幸福和感激。因为有爱存在，所以世事皆可原谅。我学会听从自己的心，唯有真诚，独立，坚强，善良，热忱，才能与你比肩时感到自然，而若你不给我这样的机会，那我依然受益匪浅，还是会变成更好的人，只是少了你的见证。

我愿意和你分享我生活的状态，我有所坚持，因为这也让我成为更好的自己，再和你站在一起。

我在白色情人节的晚上遇见你。

那真是一个好日子，尽管在此之前的每一年我都忽略它的存在，任它经过我，带着彼时我看不懂的笑容。

若我们能在一起，那将是最好的时光。

若你离开，那感谢你经过我的生命，并留下痕迹。（卡尔法西）

在所有不被想起的快乐里
最想念的是你

在所有不被想起的快乐里，我最想念你；
在所有人事已非的景色里，我最喜欢你。

在这个世上，有一种说不清、道不明的东西叫缘分。

或许，每个人的生命中都曾有过一场暗恋，或华美、或平凡，或长久、或短暂，或轻描淡写、或刻骨铭心。

总之，那些或深或浅、或浓或淡的情愫，都曾悄悄地来过并且深深地藏在我们的心底，为斑斓的青春回忆留下了一道甜蜜而忧伤的风景，留给我们无尽的期盼。

暗恋，是那荷塘里初夏的荷，疯狂地长着，等待着岸边的人来。

暗恋，是那秋风中深秋的菊，绚烂地开着，等待着萧瑟的寒冷。

暗恋，是那风雪中隆冬的梅，孤傲地绽放，等待着温暖的春天。

暗恋，是一场顾影自怜，是一段空白中的独舞。那些年少的时光，那些草长莺飞的年月，因为这种单恋而变得丰富多彩。

暗恋是一出最美的哑剧，是一场寂寞而甜蜜的守候，无望，却总是让人充满期待。因为无论是喜是悲，是苦是乐，是爱是恨，是泪是笑，都是自己曾用心经历过的，而且都是与他有关的。所以，无论是什么样的结局，都是值得记住和回忆的……

暗恋是一季的花香，飘过四季。那个人的名字，填满了日记。无论怎样，一切总会前行。他会守着我们留下的往事，继续在不老的青春里。

七堇年说：我有时候想，如果世界上有那么一个人，能让我对其的想念漫长到足以使我在无眠的夜晚彻夜写一封纪念。

悄然回首，想起当初那个让我们魂牵梦萦的他和那些抬头仰望星空的夜晚，那份羞涩，那份单纯终究葬在了时间里，葬在我们再也回不到当初的青涩里。

只有自己知道，曾经怯怯地沉默地爱过，在所有不被想起的快乐里，我最想念你；在所有人事已非的景色里，我最喜欢你。（佚名）

我 再 也 没 有 遇 见 第 二 个 你

有时候，你必须要明白，有些人能留在你的心里，但不能留在你生活里。

后来我很多次回忆起那年盛夏，枯黄的落叶，掩隐于碧绿的丛草。就像是那些午夜梦回的琐碎爱情，渐渐消失于记忆的洪流里。

时间真的像是鱼一样，在我们渴望抓紧的瞬间，从指缝中溜走了，除了留下关于曾经的三两鳞片，和一丝丝腥味，就什么也没有留下。

我在的南方还是没有下雪，天气干冷，寒风冽冽，像锋利的刀一样，刺入骨髓，竟让我挪不动半步，提不起一丝一毫走向你的勇气。

考虑了很久，我终于还是买了一张北上的火车票，就像是记忆里的一样，车厢里挤满了形形色色的人，陌生的面孔，撞进我的眼眸，我总能从他们身上找到，关于你的点滴。我需要坐在车上十四个小时零九分。

一个人的旅程，沉默不语，寂静的深夜，一首动听的歌曲，温暖的奶茶店，一杯白烟袅袅的热饮。

但这些都足以使我想起你，就像是盛夏正开得如火如荼的花簇，猝不及防地遭遇了一场大雨，那种无法自控的滋味，总有些悲凉。

原谅我这样偶尔的想到你，不求结果，不求远方，只是给自己一点点，继续前行的勇气。

我记得我曾经说过，我所在的那座城市，如果下起了雪，希望我能在街角遇见你，然后轻松自然地对你打招呼，说："嘿，好久不见。"嗯，只是问好，就已足够，我想把深情不悔爱过的爱情，当作是一辈子的秘密。

记忆里的青葱年少，心爱的人依旧年轻，但是，回忆的脑已然暮暮迟缓。多少人的情感大抵如是，都付于一片断壁残垣。我很想回到那段时光，去见见你也好，去会会旧友也罢，终是回不去了。(Seven 凉奈)

那些被隐匿的喜欢，并不是毫无意义的

如果时光可以倒着走，
我们还是会想起第一次遇见他时，达到了每分钟 110 次的心跳，
还是会想起，在暗恋他的无数个日夜里，每天都在演算一个对他告白的爱情公式。

一朵最留恋的云，在清晨的沐浴中缓缓走来。树林里斑驳了他的旧时光吗？

投下一道道幸福将之位置的暗影，河畔边，梳乱了零散的字条。

我们都有过那种把喜欢一个人，看作和吃饭、念书、走路一样重要的日子。自己的心里像是默默地打开了一个开关，早晨一睁眼就想到一会儿早操能不能见到他，在返回教室的拥挤人潮里准确地分辨出他的背影，心跳加快，装作不经意路过某间教室和他不期而遇，认真对待每一场期末考，因为这决定了下次能不能和他分在一个考场，明明爱情好灿烂却看到他爱的阴天替他高兴不止。

那时的我们，浑身充满了莫名其妙的动力，想要探究关于他所有的世界，听他爱的音乐走他走过的路，心里满溢的是欢喜。

那时的我们，相信一切的美好。他的声音和冷幽默相得益彰，他的沉默寡言映衬着内心的千山万水，他操场上模糊不清的身影有着别样的美感，甚至一厢情愿地将美好封存至很多年后。

好些年后，我们突然发现，好难找到词句来定义那样的喜欢。比暗恋要多一些，比恋情要少一些，像是一种简单的信仰，傻傻地坚守。

那种倾心的喜欢，或许一生也就只能那么一次了。

在我们还是一个不善言辞，容易脸红，敏感惆怅的小女生的时候，却耗费了那么长的时间去做了一件这么巨大的毫无目的的事情。

或许，相比现在的我们，那时的自己要更勇敢更真诚，更顺从自己的坦荡的内心。

我们终会在生命的某个转角里发现，那些被辜负的、被隐匿的、被埋葬的喜欢，并不是毫无意义的。

如果时光可以倒着走，我们还是会想起第一次遇见他时，达到了每分钟 110 次的心跳，还是会想起，在曾经暗恋他的无数个日夜里，每天都在演算一个对他告白的爱情公式。（佚名）

我没有觉得开心，
是因为他们都不是你

很多往事，如石头沉入心底，却在某个时刻，无端地漂浮起来，占据全部的灵魂。
很多时候，都是一个人在走，不是身旁没有人，而是他们都不是你。

六月，我站在原地。心情就像初夏的天气，阴沉，偶尔有细细的雨。我还是常常在浩瀚的书海里忘记自己的渺小，在安静的教室里偷偷猜想那些陌生而认真的面孔背后的故事。

还有一件事，在阳光透过玻璃印在折页的书角、在夏季湿热的暖风吹起舞动的窗帘、在昏暗的日暮亮起的白炽灯……在这些温热而平常的日子里，想你。

心里有好多的话想说，可直到笔落下了自己的靡日时光，才恍然已沉溺在悲伤里许久了，久到连同那些想要对你说的话也都被搁浅成了回忆。

淅淅沥沥的雨，打落了香樟树绿色的叶子。我听见，每掉下一片叶子，世界上就会有一个人在叹息。大概每天都有无数的人在失望吧，这些巨大的沮丧和悲伤混杂在一起冲上天空，于是阴霾才迟迟不肯散去。

而你，喜欢天空，却不肯为我而蓝，你明明懂了情，却不肯靠近。

所以我对你，从不贪心，没有叹气。

时光幻作一条走带，沿路标记着回忆，我还能找到最初的感动。

窗外，迷迷蒙蒙。在你离开之后很久，有人和我说起爱情，我还是很容易地想起了你。就像，我这里有一场雨，而你没有伞。

我承认在这场和暗恋有关的时间对峙里我受伤了，我耿耿于怀了。但我并不羡慕别人，只是安静地将自己的伤口稍做处理。在汹涌的世事里辗转穿行，让躁动的心变成一片海，麦浪翻滚，不知深浅。

泰戈尔说，生如夏花之灿烂，死如秋叶之静美。这就是我们最好的写照吧。很多往事，如石头沉入心底，却在某个时刻，无端地漂浮起来，占据全部的灵魂。很多时候，都是一个人在走，不是身旁没有人，而是他们都不是你。

那些彼此走进对方生命里的人，并肩前行，渐行渐远，再然后，便是痛苦和遗忘。直到开始长大，学会在酒杯中藏起心事，却在记忆里高歌轮回，最后才发现一切都是命运，无可更改，才幡然醒悟，原来成长，从来就不是一部唯美的伤感电影。

我又想了你许多，没有关的笔记本电脑发出微微温热和猛烈的噪音，又听了一遍你喜欢的音乐。我慢慢地静下来，不倾诉，只安静地读书，偶尔想想旧时旧事，放大身边细微的美好，努力地找到自我和自己对话，这样看似孤单的生活，时间久了，也能觉出清喜安然。

想必，这也是你希望看到的我吧。

亲爱的，你听，风是暖的。

所有的一切，时光它都会记得，只是已不再带有爱意。（妙之）

因为来过你的世界，我很快乐

每个人的一生都会遇到某个人，
他打破你的原则，改变你的习惯，成为你的例外。

我试图沿着记忆的来路，穿过岁月的时空，把未曾忘却的思念遥寄。按捺不住放飞的心情，蹚过蜿蜒绵长的相思河，奔赴梦中的故土。从来没有过的相约、从来没有过的承诺，都是你的身影惹的祸。你遇上了一个叫作死心塌地的我，从此，你再也没有走出我相思的河流。

在未遇见你以前，我心中没有相思河。自从有了你的倩影，铸刻般印在我的脑海中。每每夜幕降临，我总会把你浮现在眼中。不管四季步履怎样匆匆，我自始至终地把你记住。你是否记得有个痴心的人，在遥远的南国为你祈祷，为你祝福？其实，我知道，你连我的名字，都不曾知晓。

明月当空的时候，我饱含思念的双眼，把你遥望。潺潺流过身前的小河，载着我的相思，流经你的家门口。和煦的春风，捎带我的问候，徐徐吹向你的窗口。像恋人般把你深情牵挂，再也抹不去你那楚楚动人的模样。

多少个无眠的夜晚，习惯伫立窗前，凝视寂寞的夜空。斑驳的月光在树影下闪烁，一阵寒风刮过，拂过我的脸颊，低垂的发梢随风舞动。可我那颗想念的心，却不能在如此宁静的子夜平静。总是在想，今夜，你是否熟睡？还是辗转反侧、夜不能寐？如同我一样，思念的潮水暗涌？

没有星星和月亮的夜晚，我在漆黑中屏息聆听心中的吟诵。思念不总是幸福的，也有伤感和忧郁的时候。思念越深，惦记越沉，牵挂越厚。一天二十四个小时，一千四百四十四分钟，分分秒秒思念在心头。说我痴，说我傻也不为过，心甘情愿地等待你。哪怕只有你一个娇嗔的微笑，我也感到幸福。

相思河，慢慢地流，不要把我思念的帆船搁置相思河中。为了目睹你的芳容，我愿蹚过相思河，走进你的睡梦中，再也不会惊扰你的美梦，让相思河水穿流过你的心中，只留下我深浅不一的脚步。我会很知足，因为你的世界，我终究来过。（佚名）

我的好只想被你看到

你走了真好，
不然我总在担心哪一天你会离开，在患得患失中纠结。

雨滴顺着古老的屋檐垂垂而落，撑着透明雨伞的少女低头走进茶馆。

她蓝色的衣裙已经被雨水微微润湿，柔软的发梢透着不安而羞涩的气息，坐在小桌对面的少年，身形修长清瘦，黑色的雨伞支在一旁，沉默的眉眼像收敛的花瓣。

桌子中央摆着的透明水杯，清水里插着她从家里后院摘来的栀子花，花与少年的衣裳一样雪白，她希望他能忆起当初一起偷花的时光。

他是她邻家的少年，儿时曾一起追跑在鸟语花香间，然而长大后在外求学，归来的他仍在她心里，像林间的兔，跳跃欢喜，他却待她淡漠疏离。

事实上也从未走近，只是儿时玩伴，只是她一厢情愿。清亮的目光穿过那清香的花朵，少年的目光安然落于她的眼里，并没有认出她。她呆怔无语。

少年默默地起身走开去。桌上的热饮未凉，袅袅散发着香气。在初秋的微凉里，橘色的液体透着温暖与梦幻，然而只喝了一口，就那样放下。

她哭了一会儿，忽然想到什么，迟疑地伸出手去，握住他留下的饮料杯。那温暖的是不是他的体温？那杯沿触过他的嘴唇。她痴痴地看着，像面对着心爱少年等待的吻。

她知道他今夜就将离去，再归来又是遥遥无期，他们就此分别，再也没有机会走近。因为，他不爱她。她闭上眼睛，慢慢靠近那杯沿他喝过的痕迹，她是那么想，得到那一个想象中的玻璃杯之吻。哪怕只有一次，轻轻相触，也算是这段暗恋，完美的终结。

但是最终，她停住了魔怔般的动作，仿佛用了很大很大的力气，放下那杯他喝过的茶。

强撑着起身的时候，回来取伞的少年与她擦肩而过。没有想象中的吻，他们仍是陌生人。

伤心的永远是故事中的人，唏嘘的永远是看故事的我们。少年不曾回头，不曾犹豫，恰是最美好的姿态。因为他明白不能给予相应的心动，那就不应索取和开始。

我不爱你，你要忘记。

从此以后，干干净净开始新的故事与新的期待。

然而那淋过雨的栀子花，白衣胜雪的少年，蓝裙羞涩的少女，没有落下的玻璃杯之吻，又何尝不是晶莹剔透没有后悔的回忆？（寻）

第三卷

我愿你好，
即使后来你与我全然无关

你始终没有一层一层地剥开我的心，
所以，
你不曾发现你是我心底最压抑、最深刻的秘密。
所以，
我还能伪装，我还能骄傲，
我还能隐瞒你是我眼中最凉薄、最心酸的眼泪。

两个人的故事，一个人的爱情

爱无错，只是那时自己在错误的时间里，遇到了一个令自己错误的人。
当暗恋在青春里徐徐飘过时，才发现它并没有那么沧桑久远。

被言情小说轰炸得泪眼蒙眬的时候，我的一场暗恋悄然发生。

暗恋很美同时也令人非常苦恼，它是一把锁，如果没有钥匙的救赎，就只能自我封闭。

暗恋没来由地发生了，一颗单纯痴情的心在悄悄等待。这暗恋的种子一旦生根，加上外界环境的诸多因素必然发芽。而自己却无法扼制其繁茂。我想暗恋这东西一定是生活的捉弄。

他是高一届的学长。有时喜欢真的是过于简单，就那么结结实实地喜欢上了一个人，却将自己的这份喜悦悄悄隐匿。羞涩的我是不会将这段感情表白的，只是期待一场奇迹般的偶遇，奇迹终是没有发生。其实，很多时候，他都会在。远远地向我走来，竟莫名的温暖，心咚咚地跳个不停。近了，忙将头低下，或快速地转向别处，脸早已一片绯红。心底的那缕柔情早已一波接一波漾出去。或手足无措地捋捋头发，哼唱着不成调的曲子，装作若无其事地逃离。

每每如此，我都会听到自己心口撕裂的声音。我和爱情还有距离，梦想中感天动地的爱情，荡气回肠的片断，缠绵悱恻的结局，只是琼瑶的一厢情愿。

发现他身边多了一个精致的女孩，愁闷在顷刻间无声无息降临，心内一片苍茫。才忽然意识到要为这场空虚画上句号。而我在单恋的旋涡中却无法自拔。我是多么的寂寞和无助。

好长一段时间我的天空都是灰色和抑郁的。在我惊天地、泣鬼神的暗恋时，一个男孩也在默默地暗恋着我。一个人的心中有另外一个影子，哪里有空隙容纳其他人。想必，我们是同病相连，只是暗恋错了对象。

爱无错，只是那时自己在错误的时间里，遇到了一个令自己错误的人。当暗恋在青春里徐徐飘过时，才发现它并没有那么沧桑久远。

纯净的岁月里，自己曾经的失魂落魄亦荡然无存。一个人的爱情，一个人的沧海，被我细细咀嚼。

在我青春河流里撒下的这些花瓣，早已落花流水杳然离去。

一场暗恋没有热烈，没有迂回，只有自己静静地上演。个中滋味，我的暗恋在青春里草草收场。（YULI）

我唯一可以做的，
就是令自己不要忘记

终于日历一天天泛黄，时间的流水慢慢带走你的温柔，
很多年过后，某个冬日温暖的午后，你站在暖暖的阳光里，想起他，
想起他的点点滴滴，你的心底依然泛起温柔，甚至可能会模糊自己的双眼。

能够称得上爱情的，是一种深沉的情感，它是一种静静的付出，默默的相守，无言的挂念，深深的祝福。

很多时候，它是一种不能表达的情感，翻涌的激情在胸中澎湃，但是你只能任浪潮汹涌而来而后待它静静消退；万千的话语在口中即将喷涌而出，但是你只能嚼碎了咽进肚子里让一切消逝于无痕，那是一种，只有自己才能体味的辛酸。

或许有时你深爱一个人，但是你永远都不会说，不能说。

爱这个人，没有任何的理由，只是你恰巧遇到了，就喜欢了，喜欢他，不是因为他仪表潇洒，不是因为他才气逼人，也不是因为腰缠

万贯，更不是因为手中权势显赫，至于为什么喜欢，你无法给自己一种满意的答案。

但是，你知道，你就是喜欢他，甚至与全世界为敌，你都会选择义无反顾地喜欢他。

惦念这么一个人，但是你不能说，你不能破坏他的安宁，你不能增加自己的沉重。

伤心的时候，你希望他知道，分担你的痛苦，但是你一字不说；高兴的时候，你希望他分享你的快乐，但是你只是安静地看着他匆忙；走在街上，你问自己，是否他也喜欢这样温暖的阳光；听着歌曲，你问自己是否他也喜欢这样的忧伤缠绵；在你出游的时候，你拍好多图片，希望他能够看到你看到的美景……

但是你从来不曾说出口。他从来不曾知道。喜欢他，只是你一个人的事情，只是你的秘密。

惦念着他，你关心着他的一举一动。他让你感到温暖，就像小时候的玩伴。

你付出你的所有，却不要他一分回报。爱他，只是你的事，你从来不曾要求他这样的爱你，这样的惦念你，这样的尊重你，甚至很多时候，他会在不经意间伤害了你。

正像人们说的，人们喜欢深爱着那些伤害自己的人，却总是伤害那些深爱自己的人，你也不例外。

你就这么安静地爱着他，也许他不知道，平静地、安心地离你远去，你注视他的背影，很想将他挽留，但是你说不出口。他已经远去，你无法转身，常常想起和他在一起的点点滴滴的小事安慰着自己，故事温习一遍又一遍，但你不觉得陈旧，相反，每每想起总是回味无穷，微笑漾上嘴角。

终于，日历一天天泛黄，时间的流水慢慢带走了你的温柔，很多年过后，某个冬日温暖的午后，你站在阳台暖暖的阳光里，想起他，想起他的点点滴滴，你的心底依然泛起温柔，甚至可能会模糊自己的双眼。

你很感谢，感谢生命里有这么一个人，曾经让你为他伤感、为他欣慰、为他落泪、为他停留，你庆幸自己从来不曾说出口，从来不曾说出口的你的深沉的、纯洁的、久远的爱恋。你忽然觉得，生命里因为有了这么一个人，这么一种情，从而脱离了尘世的流俗显得高雅可爱了许多。

亲爱的，你的生命里是否有过这么一个人？有过这么一种情，长久地温暖过你？即便它这一世都未曾发芽。（佚名）

后来，
我爱上的人都有些像你

我不知道我怎么又想起了你，而这徒劳的想念，
却是我能掌握的最后的纪念。

我不记得，往年的夏天是否如今夏一样多雨，笼罩着漫不开的阴霾和散不去的惆怅，让我在一个个冗长的下午昏昏欲睡。我印象里的夏应该是晴朗的，和煦抑或炙热的阳光，天空下是你明媚而微笑着的脸庞。

我在这个夏天氤氲了睫毛，眼睁睁地看着时间流淌，以最平静而决绝的姿态，带走你。于是，所有的爱，所有空气里潮湿的回忆，所有刻骨铭心的年华，都在今夏被雨水冲走。我囫囵吞下所有的思念，不让自己悲伤地歇斯底里，因为我知道你从来不曾明白我的心疼。谁没受过伤，何必把痛苦夸张成灾难。

我不知道为什么，在这个夏天里我格外想你。想起从前，想起分别的一年，回忆分解成一段又一段，缓慢幻灭，却一次又一次将我禁锢。我在每个下雨的夜里想起你的声音，你的微笑。我曾执拗地相信，你迟早会用沉甸甸的爱拥抱我、抓紧我，却猛然发现你早已从我生命中消失，甚至没有留下一点点痕迹，哪怕是一个电话号码。

沉醉是默默，抽离也是默默。我已经记不清你的眉眼，只记得你高高的、清瘦的背影，只记得你倔强的、微黄的短发。我想我已经将你忘记，可怎么在今夏，我如此的思念你。

从你离开，我行走过很多地方，遇见过很多人。我一个人旅行，也一个人生活，我去过飘雪的北方，也来过湿热的南方，我假装出岁月静好的样子。

很多人来过，很多人走过，他们给过我爱和温暖，我也牵过别人的手，原因有很多，他的眉眼很像你，他的声音很像你，他对我的好很像你，可是却终究无法将我心中的冰雪消融。

我最终都放开他们的手，原因只有一个，他们不是你。我摆出骄傲的样子，假装俯视匍匐在脚下的爱情，却听见心被自己踩碎时凛冽的破裂声。我们还在一个城市吗？笼罩着我的这片阴郁的天空是不是也将你包围？在一场又一场突如起来的雨中你有没有带伞？

我也曾庆幸，你始终没有一层一层地剥开我的心，所以，你不曾发现你是我心底最压抑、最深刻的秘密。所以，我还能伪装我还能骄傲，我还能隐瞒你是我眼中最凉薄、最心酸的眼泪。

盛夏已至，我把对你的爱留在夏至未至。你在我的眼前模糊，在我的心底埋葬。我爱过你，只在不曾言语的知了声中，在不曾言语的花香鸟语中。（陌茉莉）

有些事，一转身就是一辈子

有一些人，他们赤脚在你生命中走过，眉眼带笑，不短暂，也不漫长。
却足以让你体会幸福，领略痛楚，回忆一生。

天是地的棉被，雨落成离人泪，而有些人，注定只是生命中擦肩的过客。

湛蓝的天空中，我们不过是邂逅的云。灿烂的朝霞，却不是为我们而红。

感谢生命中你暗恋的第一个人，那种纯纯的感情，小小的你什么都不懂，只是在看见他的时候，会不由自主地停下脚步，只是在不见他的时候，会不由自主地搜寻他的身影。远远地观望，远远地看着他笑，就如一杯咖啡，苦涩中却有一丝甜蜜。

经历过许多，然后长大了许多，这才发现，原来，那不是爱情。

但是，这会是我们一生最美好的回忆，没有伤害，只有成长。

感谢生命中你爱上的第一个人，他让你明白，爱一个人不是拥有，只要对方幸福，你就会觉得快乐；他让你明白，感情就如天平，就算你倾尽所有的付出，你们也不一定能够永远平衡。

茫茫人海中，你遇见了他，恋上了他，然后离开了他。感谢他的离开，让别人有机会可以来呵护你。

感谢生命中第一个说爱你的人。他教会了你爱，他给予了你爱，他让你在一次次哭泣中明白，要学着看开，那些海誓山盟，天长地久，即使他不再为你兑现，你也不要怀疑你们的那段感情。

也许那个时候，他真的那样想过，也许那个时候，他真的把你当成了他的一辈子。只是他也不曾想，时间会把一切的感觉都归于平淡，那些琐碎的事情，会磨平曾经的浪漫。

感谢生命中那个一直爱你的人，即使你对他没有爱，但是爱一个人是无罪的，不要伤害他，也不要折磨自己，因为你的悲伤就是他过不去的坎。

如若不爱他，你的笑容才能够让他给自己一个离开你的理由，让他知道，你很幸福，让他知道，你可以过得很好，让他，可以安心地放手。

感谢生命中第一个为你流泪的人，被人在乎的感觉，真的很幸福。如果不是真的爱你，如果不是触动了他心底的那根弦，他也不会在你面前落泪。

他也会希望可以给你安全感，他也希望可以伪装坚强。人到伤心处，眼泪会变得不自觉。如果最后相逢陌路，依旧感谢他，曾为你动情，为你流泪。

也许，你最爱的那个人，也是伤害你最深的人；也许，最爱你的那个人，也是被你伤的最深的人。

这个世界上，总有一个对的人在某处等你。不在这里，便会在那里，不是此时，便会是彼时。他会出现在最适合空间与时间里，在转角的那个点，你们没错过。（佚名）

我愿你好，
即使后来你与我全然无关

这一辈子，我看过你的很多样子，
但那些在我看来你最美好的样子，都不是因为我。

我喜欢上你的那些日子，好像并没有很特别。一样有雨天，阴天，晴天。

风一样轻，云一点淡，蒲公英一样地飘摇，树叶一样地摇曳，蝴蝶一样地飞。而我，一样，一天天地走过那条小路；一样，一天天听那首歌；一样，一天天看那本未完的书。

我看过你，青春洋溢笑着奔跑的样子。我看过你，羞涩浅笑抿嘴说话的样子。我看过你，泪流满面默默哭着的样子。

这一辈子，我看过你的很多样子，但那些在我看来你最美好的样子，都不是因为我。

你说，你这辈子就只会爱一个人。那么，我何其不幸，不能成为那个人，你爱的那个人。那么，被你爱的那个人又何其幸运。他抢走了全部，这辈子我在你面前的所有的幸运。

我看着你们拥抱，那天天气很好。我看着你们争吵，那天乌云密布。我看着你们分开，那天天气阴霾。我看着你们和好，那天阳光灿烂。我看着你们亲吻，那天大雨倾盆。

那些最美好的日子，我看着你们，竟忘了看看自己的样子，是不是憔悴不堪，是不是眉头紧锁，是不是胡子满腮，是不是热泪盈眶。

他们说，我真伟大。看着喜欢的人幸福了，也就满足了。

其实不是的。我也曾想过，我要横刀夺爱，我也曾想过，我要乘虚而入，我也曾想过，我要制造破坏，我也曾想过，我要公平竞争。

可是我输了。不是输给了他，那个你爱的人。我是输给了你，输给了你这一辈子非要爱他一个人的决心。

我能怎么办？在你坚定的眼神里，连思念你，都是罪过。在你幸福的笑容里，连默默地喜欢你，都是过错。对一个不喜欢自己的人产生了执念，我错了。当喜欢，变成了执念，那么就错了，错得离谱。

对自己，我承认了自己的错误，我想要改正的，可是很难。我没办法不看你，没办法让那颗跳动的心不为你悸动。

痛并快乐着，就是这样吧。我已经分不清楚是快乐多点，还是痛多点。

你的婚礼，我也去了。

穿着我觉得最好看的黑色晚礼服，还有那条我觉得最正式的领带，我一直舍不得穿的皮鞋。

我站在众多的宾客之间，远远地看着你，站在你爱的那个人面前，笑得灿烂。我只看见你，白色的婚纱，美丽的妆容，还有，还有轻轻挽着那个人的双手。

那一刻，我突然平静了。就像是，悬在半空中的身体，终于在这天缓缓落地了。可是，我想哭，我喝着香槟想哭，我看着他们热闹想哭，我吃着丰富的婚宴餐想哭。

我看着你想哭，我看着你们想哭。

可是我却一直在笑，看着你们笑。无声地笑，大大地咧着嘴角，眯着眼睛，笑，拼命地笑。

然后眼泪出来了，我说，沙子进眼睛了。明明是一望无际的绿草坪，沙子从哪来的，我也不知道。也不想知道。

笑着哭，好疼。

我要走了，去一个离你很远的地方。可是我好舍不得，那个让我遇见你的地方。终究无法携你的手终老，终究无法说，对你说，我的所有心情。

我给你写了一封情书，就放在你家门口那个信箱里，我写了一个晚上。

如果有一天，你看着那封情书，请不要讶异，请不要疑惑。

那是我用尽了这辈子全部的力气，才写下的两个字：你好。

“你好”是我想认识你的最开始。

“你好”是我想祝福你的结束。

兜兜转转，这一辈子，我只能给你一封最短的情书。只有两个字，那便是：你好。（尔曦）

最怕的，是我永远也忘不掉

有没有那么一瞬间，你心疼过我的执着。

我曾经以为，我会抱着一个秘密安然度过属于我的青春，就像所有在青春里不断成长的人一样，在某天想起来的时候，会忍不住不胜唏嘘。

只是后来，当我决定把这个秘密说出来的时候，却发现这个秘密有一些短，短到只有一个人的名字的长度，它最短，事实上也最痛。

在没有告诉别人的情况下，我暗恋了你八年。我一直在想，如果有些话可以在我说出口的那一刹那得到治愈，我一定会满世界通告，我暗恋一个人暗恋到那么的匪夷所思。

那个时候就觉得，如果暗恋着的时候是全世界最黑暗的时候，那么只要你一出现，我的世界又开始万丈光芒。

那时候，你常站在队伍的最后面，穿着白色的衬衫，黑色的西裤，白色的球鞋，每个那样的清晨，你的头发一定是乱糟糟的，搭配衬衫的领带一定是像系红领巾一样随意，双手一定是插在裤袋里，低着头。

那个时候没有人知道，一个个子不高的女生，她不漂亮，也不聪明，更不优秀，她也站在队伍的最后，在国歌响起的时候，每个人都抬手敬礼面向国旗，而只有她，侧着头，踮着脚尖，看着不远处的那个同样也是站在队伍最后的男生，看着他懒散地把手搁在额头上，抬着头，微眯着眼睛看着国旗，而那时候阳光铺洒在他身上，他就像发光体一样，就算刺得那个女生睁不开眼睛，也久久不愿把目光移开。

我从来不知道喜欢一个人原来是那样的感觉。明明那个人自己并不熟悉，也从来没有讲过话，可是每天只要可以看见你，就觉得很开心，哪怕只是一眼，就一闪而过，哪怕是你迎面走来，最后却只能擦肩。

我每天在期待看见你的同时，也在期待自己有一天可以有足够的勇气走上前去跟你说一句话，哪怕是一个字，哪怕是一个微笑。

在那样懵懂而又心慌的日子里，只有我的日记知道，它开始频繁出现你的影子。从早晨看见你对着别人微笑，到中午你坐在走廊喝牛奶，到黄昏你在篮球场上打球的种种。仿佛我闭上眼睛，那样的画面就可以一遍遍在眼前重现，那么的清晰也那么的深刻。

我怀抱着所有关于你的小细节，怀抱着所有关于你的小秘密，在我的日记本一一走过，我仿佛真的真切出现在你的对面，跟你讲话对你笑，我也仿佛真的就站在你的身边，闻到你身上传来清新的味道以及隐隐的体温。只是后来，我的日记本一本接着一本，而我的少年依旧在离我很远的地方对着别人微笑。

我就像一个间谍，潜伏在所有可能认识你，所有可以贴近你身边的人的身边。我以为那样我就可以离你近一些，可以从他们口中得到你的只言片语，只是直到你从身边经过依旧目不斜视，我才发现，如果我不勇敢站在你的面前，我对于你，不过是甲乙丙丁的一角。

我从来不知道我可以这么热衷于一件事情，这件事情它叫作暗恋。我从来不知道我可以这么喜欢一个人，这个人他是你。

八年了。

我像个可有可无的影子一样，跟在你的身后八年。阳光出现的时候，我就在你的身后，但却始终无法贴近你，阴天的时候，我就躲在只有我自己的角落里远远观望。我甚至有些忘记这些年来每一个时刻的心情，我是怎么辛苦地保留下来。我知道一定有一个地方长满了青苔，可是依旧没有蜻蜓光顾。

其实你并没有多么的优秀美好，只是刚好，我喜欢你而已，只是刚好，在我懂得爱的时候，喜欢上的人是你罢了。说起来，你也没有很特别，只是刚好，是我暗恋了八年的人罢了。

暗恋，它本身就是一场无疾而终。

当我好不容易鼓起勇气对你说了“你好”，你回了一句“你是谁”的时候，我想我终于为这份长达多年的暗恋画下一个句号了。

在过去的那些岁月里，只能独自感受所有只有自己一个人的爱情，像是爱过，也像是没有爱过。在矛盾里明白，也在明白里矛盾，我们每个人都可以选择，快乐或者是悲伤，更多的时候，我们是在悲伤的同时快乐着，在快乐的同时也感受着悲伤。

我想这份暗恋的最后，是你终于让我不喜欢你了。在过去那些日日夜夜里，每多喜欢你一分，就预示着今后的我对你多一份不喜欢。

我看过你的美好，我知道你的美好，我看过你的不美好，我刻意假装不知道你的不美好。我把所有关于你的回忆编织起来，却发现没有尽头。喜欢和不喜欢在某些时候只是一个契机，喜欢上也不过是刚好，有一天不喜欢了，也可能是一次偶然。

这份暗恋就要结束了，八年的时光，今后的每一个八年都不会有你的参与，就像过去的那八年里，你的世界也不曾有过我一样。（佚名）

抱歉，
没能好好拒绝你

抱歉，记忆中的那个你，始终没能好好地拒绝你，让你在为我付出了那么多之后，始终没能好好地在你的爱情里画下一个没有伤害的句号。

前些天一直在下雨，便索性待在屋子里写写画画。昨日雨终于停了，才发现院子里墙角细细碎碎长满了绿油油的小草，在阳光下水珠正闪烁着金光，让小草看起来充满了生机。反观栽植在盆里的小花却耷拉着脑袋，一副被雨水戏谑过后残败的模样。不禁回头又看了看小草，不知怎么的，我竟想起了你。

印象中的你，跟这墙角的小草可真像，一样的不起眼，但却总能在角落里散发属于自己的光芒。回忆起那些日子，我仍旧还感觉到遗憾，你的那些耀眼的光芒我终究没有好好地静下来去看，去体会。

现在想起来，你的样子竟也开始模糊，可却仍旧记得那年冬天你站在喧嚣的车站，低着头小声诉说喜欢我的模样。那个冬天特别冷，可是你的喜欢也并没有让我感到温暖，之后是一整个冬天的我躲你追，我退你进。可是后来，你和那个冬天一样，再也没有回来。

现在想想，我可能还欠你一句抱歉。

我依稀记得，你每个深夜的晚安，每个清晨的早安。我也曾经那么地害怕你，害怕你不经意在我身边出现，害怕你看向我是充满希望期盼的眼神，害怕你的每一个付出。

对于那时你说的喜欢，也从来没有放在心上。当一个人把另一个人对自己的好当成了理所当然，从一开始就便注定了付出的那个人是要受伤的。有些东西不可避免，就像有些事实无可厚非，就像有些感觉无法隐瞒或者勉强。

直到后来，我喜欢上一个人。

我才开始懂你，明白你，深刻地走进你曾经拼命挣扎着的那个世界。后来我变成了跟你一样的人。每日每夜等一个人的晚安和早安，无时无刻不出现在那个人的视线里，只为他能看我一眼。

也是从那个时候开始明白了，我在爱情里变成了和你一样的人。

或许暗恋，大抵就是这样。

我爱你，你爱他。

抱歉，记忆中的那个你，始终没能好好地拒绝你，让你在为我付出了那么多之后，始终没能好好地在你的爱情里画下一个没有伤害的句号。

这个雨天过去了，那个冬天依旧没有来。记忆中的那个你，愿你如我现在看到的小草这般，还散发着你的光芒，我相信有人会看到，或者已经有人看到了。（佚名）

将你藏在心里，直到现在，直到以后

在心中藏着一个人，一切与美好相关的故事里，有他的身影，
无论是梦中还是现实，他虽只是你的幻影，却给你留足了遐想的空间，
让你在岁月的井沿上一路放歌，歌声嘹亮在你的耳畔。

寂寞总是如影随行，在孤独的夜里黯然结果。心中若有他，是不是就不再孤独寂寞。我愿用一世的情思铺满你前进的路途，看着你微笑幸福。可你在哪里呢？在世界的另一端等待着我去与你偶遇吗？

孤独寂寞的时候，用心中的思念弥补着自己内心的空虚，让自己在心中藏着一个人，在相思结网的时候，解开丝网。

有的人成为你时光的访客，在一次次的点击之后，将在你的岁月里留下了痕迹，点缀在你时光纷飞的路口，等待着下一次的邂逅。

在心中藏着一个人，心的港湾停在左心房的位置，不再空洞无

力，面对未来的困难，心突然有了动力，世界上还有一个值得你藏着的人，无论曾经的岁月是怎么样的，可留下的终归是美好的回忆，在岁月里打磨出一圈圈年轮的印记，替我们记住那些逝去的似水流年。

在心中藏着一个人，沿途的风景再美，你还是会一路而下，因为在彼岸还有属于自己心中最美的那一抹风景，而路过的只是欣赏，它终究不是属于自己可以珍藏的青春年华。在彼岸的年华里，描绘青春的花纹，刻在流年的路口，待重新归来，拾起满地的幸运。

在心中藏着一个人，一切与美好相关的故事里，有他的身影，无论是梦中还是现实，他虽只是你的幻影，却给你留足了遐想的空间，让你在岁月的井沿上一路放歌，歌声嘹亮在你的耳畔。

在心中藏着一个人，用文字写下相思的岁月，用幸福描绘属于你和他的海市蜃楼却依旧幸福满足。当孤独寂寞随行时，冷清的氛围也将化作唯美的情思滴在键盘的两端，延伸至遥远的未来。在安静的夜里，做着关于他的梦，然后在梦醒来的时候，脸上露出甜甜的微笑。

在心中藏着一个人，虽然不能拥有，可我们可以爱着、喜欢着、想着。或许这也是另外一种幸福，因为他曾一路让你傻笑，但此刻也叫你思念，然后你突然觉得你也很幸福。起码你有个人一直在你心里，直到现在，直到以后。（若雪）

世界太大，还是遇见你

爱在不对的时间，除了珍藏那一滴心底的泪，无言地走远，又能有什么选择？

第一封情书。

我记得你的脸，就在那个燥热难安的夏天。你读诗的时候鼻尖有细微的汗珠，拿着纸的手都微微颤抖。可是你是那么倔强的姑娘，依旧故作镇定地读完了整首诗，语气瑟缩，却是极富情感的。我记得那首诗是《原来可以这样爱你》，我记得你是七号选手，我记得那是校广播站的决赛，我记得那是我第一次见你。

第二封情书。

那天我在篮球场打球，学校的那棵法国梧桐落了一地的叶子在你脚下，那是学校唯一的大树，你也是清晨我唯一的观众。你手里捧着一本书，远远的看颜色应该是英语，我运球转身用余光偷偷看你时，你总是低着头念念有词。偶尔，我们也会四目相对，但是，你会大方地冲我微笑，你笑起来很好看。可是我多么希望，你能像其他女生那样，连忙低下头去的，因为我希望你是来偷偷看我的。

第三封情书。

原来可以这样爱你，什么都可以说，什么都可以不说。在我高三那年的元旦晚会上，你是主持人，穿着白色的礼服，马尾束得很高。我看到你在后台，化了个还算精致的淡妆，我定定地看了很久。你走过我身边时低着头，故作轻松的，为第一个上台演唱的我加油。那晚你唱了一首歌，声音澄澈，双手紧握着话筒，明显比主持时要紧张。你唱了一首《勇气》，让我明白了，原来只要你一个肯定眼神，我的爱就有意义。可是，从始至终你都没有给过我一个肯定的眼神。

第四封情书。

这些年你还好吗？我记忆中那抹琉璃白的你。大学里我遇到了一个女孩，她笑起来和你很像，连露出的虎牙都在同样的位置。可是，她的长发总是如瀑布般披散下来，那样的她很美，但是我却总会想起，你晃动在脑后的马尾。我以为那就是爱情使人心跳的节奏。她总使我想起你，想知道你是否长高了，你是不是依旧，会在紧张的时候，手指不停地绞动，你还会在清晨捧一本书在操场吗？又或许早就忘了我。

第五封情书。

我回到了家乡工作，这个城市在以前我总觉得它那么小，出门逛街总能遇见熟人，可是这两年我却发现它如此大，因为在这七百多个日子里，我居然没能遇见你哪怕一面。后来在同学聚会上，我从别人嘴里听说了你，考了你那一届全校第一的成绩，却在毕业后回到家乡这座小城发展。除此之外我再也无法探得，可是我的心，却像是摘了眼罩的瘦马，识得了方向，惊喜万分地飞奔，飞奔到你在的地方。我想见到你，什么都可以说，什么也可以不说。

第六封情书。

你知道的，我在高考前一个星期收到过你的一封情书，至少在我辗转从别人手中收到时，我以为那就是封情书。我曾以为这是你给我的肯定，可是当我满心欢喜的拆开信封时，看到的却是一页白纸，但它像是写满了字，写满了你对于我的嘲笑。就像是在笑我，拿满心满怀对于你的暗恋，换回的也只不过是一片空白，嘲笑着我愚钝的单恋。但是我不恨你，毕竟你是我青春岁月里，那样小心翼翼喜欢过的女生，因为那些爱情的苦果，都是我一一种下的，所以我该自己细细品尝。能说出口的心事都不再沉重和重要，所以我送这六封情书给你，还那份自年少起的单恋给你，从此以后不再记起你。

可惜爱不是几滴眼泪几封情书，这样的话也许有点残酷，等待着别人给幸福的人，往往过得都不怎么幸福。

我一共给你写了六封情书，可偏偏一封，都不曾被你读懂。原来爱情真的比时间还残忍，把人变得盲目而奋不顾身，忘了爱，要两个同样用心的人。（Seven 凉奈）

世界太小，还是丢了你

终有一天你会知道：
公交 5 分钟一班，地铁 7 分钟一班，有些人有些事，一辈子只有这一班。

第一封情书。

我大概无法忘记你的模样，就像是深深刻进脑海里一样，脉络清晰。年轻的时候，大概那时候我十七岁，对爱情懵懵懂懂，却也趋之若鹜。和每个女生校园时期的暗恋对象一样，你有姣好的面容，挺拔的身姿，优秀的成绩，在舞台上唱得了好听的歌曲，在篮球场上有舍我其谁的霸气，就是那样夺目的存在。你高我两届，校迎新晚会上你落落大方地主持，我记得那是我第一次见你。

第二封情书。

我曾经无数次在清晨的校园，捧着本英文书，对着篮球场的方向，英语单词如同嚼蜡，但是远方球场上的你，却是我甘之如饴的存在。我不知道，是否所有爱情里的女生，都如同我一样：小心翼翼的，怕被喜欢的人发现，但是却满心期待，希望对方发现自己的喜欢，然后走向自己。

第三封情书。

脑海里和你最亲近的时刻，大概就是你毕业那年的元旦晚会。我想你大概永远都不知道，其实是我，私下让人将你的节目排在了第一个，因为作为主持人的我，就能够在下台的时候，和你迎面而遇，我就可以自然地将准备已久的加油，说与你听。那天我唱了一首《勇气》，我想告诉你，只要你一个肯定眼神，我的爱就有意义。可是，从始至终我都没能够透过强烈的灯光，看到你的身影。

第四封情书。

这些年，你过得还好吗？记忆中的翩翩少年。高中的岁月因为你的离开，而变得异常艰难无味。我的生活也开始变成了三点一线，偶尔会在篮球场附近坐坐，但是再也见不到像你一样的人了。高三毕业那年我去你在的学校找过你，在大学校园的明媚日光下，我看见你牵着一个女生的手，你的样子像我梦里那般温柔，但是那些柔情都给了别的女生。那次回来之后，我就将高考志愿给改了，既然不能找你，我就独自等你。

第五封情书。

其实很多时候我们生活的世界就是这么小，小到相拥的两个人，只要一转身就再也没有了回还的余地。我第一次听到朋友说你回来的时候，我多想去见你，那些自少年时期，堆积起的爱恋，不减反增，大有卷土重来之势。但是我没有，我以为只要和你还有所谓的缘分，在这个城市难免会见到。我总以为见面是迟早的事。

第六封情书。

收到你那六封信的时候，我竟像个初次收到心爱男生情书的无措小女生。看着那些信，心如针扎，你永远不知道，在那页空白的纸张上，我喷洒了很多从姐姐那里偷来的香水，我以为你的妈妈是为香水做产品包装设计的，你会敏感地闻出来，那些香奈儿邂逅系列的香水，寓意爱的开始。我不敢在纸上写下我喜欢你，毕竟你面临毕业。

直至此刻，我才明白当年，我的第一封情书那么可笑，是我自己错过了你。原来邂逅，是一场爱情的开始。但是有时开始，就意味着结束。（Seven 凉奈）

我那么爱你，一点也不遗憾

错过你的一点消息都觉得失落，而你错过我的一生，大概都不感到可惜。

你走来，如花香拂面，如微风掠发，如一场浪漫至极的雪落入梦中，悄无声息洒满我的世界映白我的黑夜，冷月无言也要为这白茫茫一片加上一点光亮。

我随着雪花翩翩起舞追逐你的脚步，举手投足毫无遗漏均落入我的眼中，触动我每一条为你而传导的神经。多想伸出手抚摸你眉心的皱褶，那是谁狠心刻下的印痕。

你路过我的身侧，你一定没有感受到我目光的灼热，你一定没有看到角落里渺如灰尘的我，曾战战兢兢地爱着你，等待着你的回应，可惜你从来都不知道。

我承认，私自地埋下一颗种子在你的脚边，任它在晶莹的雪地里孤傲地破土而出，寂寞而又高贵，我化雪为甘露浇灌它干涸的灵魂，几点清泪无声滴落惊得我浑身颤抖。

你消失在我的身后，如釜底抽薪、如水过淹城，漫天的雪花是你留下的最后一场施舍，雪白的世界里我蹲在路边守着一颗种子。

你悄然离去冰肌玉骨从此只剩回忆，斜阳余晖，积雪化水湮没我的呼吸，黑夜蔓延我站起身却失了方向。你带给我一个雪白的回忆留下的却是黑夜无边。

如果你的眼神，曾为我片刻的降临，那你就会听到，我心碎的声音；如果你曾愿意一层一层地剥开我的心，你会发现也会讶异，你是我最压抑，最深处的秘密。

如果现在你肯倾听我，你会相信，我曾经那么那么爱你，一定也不遗憾。（面包树出走了）

那个人何其幸运，得到你全部的爱

我永远会记得，在我的菲薄流年里，曾有你的裙摆摇曳，回眸，浅笑。
我永远会记得，在我的菲薄流年里，我曾毫无指望地爱过你。

与你约好在那个薄夏的午后。杂草丛生，过道窄小弄堂的小咖啡店里。那天下午的咖啡店甚是冷清，只有散落在咖啡角落的几个人。

坐在靠窗的位置，光线也明亮些。头顶还晃着昏黄的挂灯，摇摇欲坠。传来有些轻飘的音乐，稍有些嘶哑的不知名的女声传来。我竟想起很久以前你隔着千山万水在电话的那头为我轻哼的那些歌谣。

现在想来，竟在这样的薄夏午后，带给我一丝清凉，些许的燥热在心间荡然无存。

你推门而进。

咖啡店门前的风铃开始叮咚作响。我抬头便看见你，长裙摇曳朝我微笑而来。就像很久以前，我第一次遇见你，扬长裙摆迷乱我的眼睛，拂过我的心境。如杨柳枝飘摇，如白云轻散，如微风轻拂。

“好久不见。”你说。

为你点的那杯黑咖啡早已冷却。你笑着把它放在嘴边轻抿。还是那样的动作，那样的神情。竟让我在那一瞬恍觉隔世。

“好久不见。”我说。

桌上的黑咖啡轻烟袅袅。我亦笑着放于嘴边轻抿。稍许苦涩的滋味于口腔内蔓延，直达心里。竟忘记，在这之前的多少年，我从未尝过这样略带苦涩的味道。今日偶然一尝，竟是满满陌生的熟悉感。就像此刻的你，给我的，陌生的熟悉感。

嘶哑的女声，仿若从很远的地方传来。我看着你，侧头看向窗外。那时，阳光斑驳，树枝交错，杂草摇晃，野花丛生。想说点什么，却在触及你的眼神之后，戛然而止。所有的语言，都是隐忍于心的事。

入夜的那座城市，灯红酒绿。昏黄的路灯，让我想起白天，那盏昏黄的挂灯于头顶摇摇欲坠。你的白色裙摆摆动摩擦我的牛仔长裤裤管。沙沙沙的响声。我并不知道你听见了没有。

在那样的夜里，我仿佛还能听见蝉在树木的深处嘶叫。我知道，那可能是我不贴近现实莫名其妙的臆想。只属于我一个人的。

“再见。”你说。红绿灯缓慢交替的路口。你远去长裙摇曳的画面，像老照片定格。

我永远会记得，在我的菲薄流年里，曾有你的裙摆摇曳，回眸，浅笑。

我永远会记得，在我的菲薄流年里，我曾毫无指望地爱过你。

在辗转醒来的深夜，恍然想起，你早已嫁作人妇的种种幕幕。我无法追溯的，仍旧是我还紧握你手的那些菲薄光年。

这辈子，那个人何其幸运，得到你全部的爱；这辈子，我又何其不幸，爱不到你。（尔曦）

不是所有的答案，都如最初所愿

终有一天，我们都将老去。而所有一切过不去的人和事，都将成为过去。

十月的湘东仍旧是盛夏时节的明媚光景，我坐在午后的班车上，安静地看着阳光在被风搅乱的繁茂枝头悉数抖落下来，散落在宽敞的马路中。候车站拥挤的人群里和恰巧路过的公交车上，最后散落在我的视线深处。

在年久的时光里车窗上，浅浅的吸附着的尘埃，在熠耀的阳光照射下突兀地显现出来，任窗外香樟流动疾驰，任窗内光影流逝仓促，它只是静静地停顿在那里，旁边还模糊地倒映着我的侧脸，时间仿佛静止在那扇窗里，除此之外皆是川流不息的漫长岁月。我站在其中渐渐忘却了那张年轻羞涩的脸，忘了曾经情深意重的青葱岁月，忘了年少相识的你。

日子有条不紊地缓缓进行着，如同旁白一般平铺直叙毫无悬念地铺展开来，只是愈近冬日，白昼一天比一天预料的还要短暂，于是黑夜便开始肆意猖狂骄纵地吞没了一大段清晰的时光，夜以继日不断在我忙碌而又焦虑的生命里辗转来回，光影交错间，我竟忘了你的脸。

你的面容，我大概只有在梦里仔细地端详过，其他的都是与你并肩走过的花荫下的时光里一张模糊的侧脸，被回忆烘托、渲染、涂抹篡改得已记不清了。后来年深岁久的想不起来亦是常事，只是和你一同度过的年少及此后相逢的岁月微茫，短暂渺如沧海一粟，皆是不足以提起朝花浅薄的旧事，你必定是不记得我了，我又如何惦念了这么漫长的年月如今竟不得而知了。

也许喜欢怀念你多于看见你，我也许喜欢想象你多于得到你。

这些都是曾经的我最不愿承认的事情，即使心中有略微的质疑也是不被允许的，那时年少，只道是顺着自己的心意便好，我固执地紧握着年少青梅往事以为胜券在握，只是骄傲着、微笑着就是不示意、不表态。我等待着你走上前来，娓娓道来这些年长情的告白，即便是耗尽漫长的年月，哪怕最后的结局会是虚妄的各自转身，天南地北从此背离也在所不惜。于是时光在更迭里渐渐衍生了荒芜的荆棘，以至于后来我回想起冗长的岁月里，唯有沉默占据了所有的回忆，后来我不得不承认，原来爱你只是昨日的痴心错付。

直到现在我用最为平淡的口吻轻描淡写地讲述着那些匆忙的过往，才渐渐懂得曾经隐忍晦涩年月里的自己，却已无岁月可回头了，而你终成了我的一场旧梦。没关系，毕竟不是所有的答案，都如最初所愿。（乔雨未央）

第四卷

我连一秒都没有拥有过你，
却感觉已经失去你几万次

我没有很刻意地去想念你，
因为我知道，
遇到了就应该感恩，
路过了就需要释怀。
我只是在很多的小瞬间，
想起你。
比如一部电影，
一首歌，
一条马路和无数个闭上眼睛的瞬间。

我就站在你面前，你却不知道我爱你

总要有那么一个人，于青春午后的旧时光里惊艳了你的流年，在那个错误的时光，或者，错误的地点。

世界这么大，遇见你真好。

假如在那个午后的阳光下，你那耀眼的笑容没有闯进我的心里。我还是那个我，偶尔做做梦，日复一日的生活，为毕业之后的日子担忧，然后，湮没在这喧嚣的城市里。

假如人生不曾相遇，我不会了解，这个世界还有这样的一个你，让人回味。如果说怡人的风景可以让人心旷神怡，那么娇艳的你就可以令我心醉神迷。

假如人生不曾相遇，我不会相信，有一种人一认识就觉得温馨，仿佛在那茫茫的世界里，我一眼就看到你一般。

我不知道，那段时光的你，是否如同罂粟般，娇艳得让我不可自拔；我也不知道，那段时光的你，是否如同骄阳般，灿烂得让人不能直视；我更不知道，那段时光的你，是否如同流星般，美丽得让我不能忘怀，却又转瞬即逝。

我只知道，那段时光里，我最怕却又最想遇到的人，唯有你。每次走在校园里，看到与你相似的背影，总是先是一惊，然后紧紧盯着看，直到看清楚不是你之后，才发现，我的手脚无力，而心跳的声音却在耳边回荡着。这种情况真是让我又恨又爱。

我只知道，那段时光里，整个天空仿佛是永久的蔚蓝，而前途一片光明。我会为了那么一句话“如果不为了你、我的未来努力，我拿什么证明我爱你”，天天早早起床读书，不缺课，就那么认真地生活，或者，想着你。

后来，忘了。

后来，或许是我变得不喜欢你了，或许是我没有勇气跟你说我喜欢你，我没办法直视我的内心，直到现在仍然不敢那么深地去纠结这件事的前因后果，我只能把所有的错都默默地归根到那场病上，那场让我绝望的、可恶的病上。

那段日子里，头又晕又痛，我不知道怎么形容那种感觉，反正整个人整天都浑浑噩噩的，只能躺在床上，睡了，醒了，继续睡，睡不着，发呆，或者，就那样，直直地盯着窗外的阳光。

就像余秋雨说的那样，生命中有一些人与我们擦肩而过，却来不及遇见；遇见了，却来不及相识；相识了，却来不及熟悉；熟悉了，却还是要说再见。

我们总是这样地徒劳无功，而你是我最美的徒劳无功。（许小豪）

我喜欢你，也愿意放弃你

爱是两个人的事，如果你还一个人执着着，纠缠着，原地打滚痛苦地爱着。
时过境迁之后你会发现，是自己挖了坑，下面埋葬的全部都是青春。

有人说：如果你还记得你们第一次见面的场景，那么说明你们的缘分还没有尽。很长一段时间，这句话成为我在痛苦中微笑的理由。

一个人的记忆很奇怪，明明记忆盒里没有收藏的事，可以在很多年之后描述出那样细腻的画面。其实在认识你以后的很长一段时间里，我并没有注意过你，甚至把你的名字和另一个人的搞混了。天知道为什么，你对我微笑了一下，心跳就加速了。

就像一个导演把曾经录好的镜头在我的脑子里快速倒带，那么突然、那么嘈杂。轰地一声炸开，画面停留在我们的初次见面。这是一组慢镜头，我终于在断片中清醒。我惊呆了，我好想能说出来，但是我开不了口，我还是没有勇气写出来，还是不能完全把自己心里最底层的秘密告诉在看这段文字的每一个人，哪怕都是陌生人。唯一能说出口的是：现在想起来，你当时的笑容是羞涩迷人的。

有人说，暗恋是一个人写两个人的故事。但是对于我，这不是左耳说给右耳听的故事，而是事实。

从那时起，我与你对话，总是充满了小心翼翼，总想要了解你更多。你喜欢一个歌手，于是我就去听他全部的歌。我最害怕听到的一首歌，《还是会寂寞》暴露了我的秘密；我最心痛陈绮贞的一句歌词：你离开我，就是旅行的意义。是不是到最后，这就是我的结局。

你有一颗摇滚的心。你曾经说过，想在一个酒吧，自由地弹唱吉他。我也曾经说过，我会点一杯果汁，坐在底下听你轻轻吟唱。这段对话我一直记得，因为你不会知道，只是想象你弹吉他的样子，就足够让我落泪。

有人说，暗恋是成功的哑剧，说出来就成了悲剧。

你听过我最勇敢也最胆怯的一句话：我喜欢你。我想，你会不会也曾闪过这种感觉，只是一念之间只差了一点。我的心承受不住你接下去的话，我让你别说了，我什么都懂。

我知道，从一开始就知道，所以我必须承受这样的结局，闭幕的时候，只有我一个人，不肯退场。（丫丫）

我最害怕的是，我终于不再喜欢你

我最害怕的事情，原来不是我无法放弃，
而是有那样一天，我突然不喜欢你了。

很久以前，我想过很多次以后的情景，我想过有一天我终于放弃你时候的样子。

我以为我会在某个晴朗的早晨，醒过来的刹那发现我不再喜欢你了，然后开始我的新生活。然而我发现我错了。其实是我开始了新生活之后，在潜移默化里，会在某一个平凡的时刻里，我乍然发现，我竟然已经忘记你很久了，这种乍然带着微微的悲凉。

我总以为我对你的感情是伟大的，那它的消失也该是一件轰动的事情，然而事实上它的消失是悄然无息的。

终于我发现其实我的暗恋是渺小而无人关注的。现在的某天里，我跟故友说，我好像喜欢上了一个人，故友也不会提起你的名字，而是安静地听我的新恋情。偶尔会有人问起你，你们还有联系吗？然后我才会想起你，一时间会不知道该说什么好了。

我曾经，是那样真实地喜欢过你。那种喜欢我想我此生大概都不会有第二次了，你微小地波动一下情绪，就会造成我的泪流成河。

我依然清晰地记得跟你说过的话，跟你聊过的事，记得你说的玩笑或者是真话。我记得你跟我说的第一句话，也记得你跟我说的最后一句话。我记得你跟我说过的好听的话，也记得你对我说过的残忍的话。你一个微笑，我高兴好多天，你一句话，我记得好多年。那些时刻被你牵着心的日子，我不知道我还会记得多久，我知道我回忆起这些的时候，还是会有一点开心或者难过。

但是我想我再也不会那样入戏了。

我已经不了解你的最近的生活了，我也不再那样感兴趣，我也不再期望自己会在你心里留下怎么样的印象，不会想象在你心里占着怎样的一个地位。

你依然是那样的一个人，你或者敏感或者没心没肺，你或者出现在我的生活或者消失，我已经不再那样介意了。我已经不会再向别人宣布我对你的放弃了，因为真正的放弃永远是悄无声息的。

某年某月，某一天某一个时刻。我模糊而清晰地发觉，我不喜欢你了。而很久很久以前，我以为这样的发觉会让我欣喜。然而事实是，此时此刻，我的内心是悲凉的。

我最害怕的事情，原来不是我无法放弃，而是有那样一天，我突然不喜欢你了。（佚名）

爱的反面不是恨，是遗忘

有没有那么一个人，曾经让你发了疯地想，现在却拼了命地想忘掉。

你大概不知道我第一次见你是什么时候，可是遇见你的分秒，都被我刻进了脑海里。

年轻的时候我那么的勇敢，以为只要自己愿意去爱，那么你终会给我回应。我那么的自信，总以为，爱过你就等于永远。

昨夜，是我第一次梦见你，你的眉眼却恍如隔世，你牵我的手。我从梦中醒来，并没有湿润眼眸，只是继而整夜失眠，望着天际由黑转灰又变白。

我大概再也遇不见一个像你一样的人，不是像你的外貌或者性格，而是像你一样，在我最美好的年华里出现，让我用尽一整个青春里最纯粹的情感，去努力地爱着。

亲爱的，我终于可以重新开始，和另一个少年。他也有干净的笑容，也有明亮的眼眸。他拥抱我的时候，也很温暖。刚刚他低头吻我的时候，我没有躲闪，只是定定地仰望宇宙星辰。

我要这样，与你告别。

对不起，我曾以为我默默无声的爱就是不朽的诺言，可是后来，你的模样飞散在岁月的风尘里，我的爱消失在时光的洪流中。

你毁掉的，是我关于你的梦想；你欠我的，是一个本来承诺好的世界。我也曾始终心心念念朝思暮想，试图用任何方式挽留你，只要你肯。

而今天我终于选择告别，爱的反面不是恨，是遗忘。

亲爱的，你有没有想过，一个女孩的青春是多么的短暂，她经不起无声的爱来消磨。我用五载光阴竭尽全力地爱你，以梦为马，以为它会带我奔向有你的世界。只可惜，我输了。

这颗心被失望一染再染，直到我再也认不出悲喜。我不是在声讨抑或控诉，我不怪你，真的，我只是想告诉你，对于你，我不亏欠，也曾尽力。

我曾经眷恋的少年啊，你即将连同我荒芜的青春一起，被我遗忘。我和你，都还有各自的人生，两条不同的路，即便曾经结伴走了一段，也只是今天到此为止。

从今以后，我会同另一个少年共赴行云流水，看潮起潮落。我定会善待他，即便不能把整颗真心双手奉上。因为这颗心已经不再完整。我爱他吗。我想是的。至少他的怀抱让我觉得温暖而踏实，至少我的爱，他会予以回应。

晚安，亲爱的。这是我爱你的最后一夜。当阳光再次给我温暖，我对你的爱，便消耗殆尽。（陌茉莉）

你曾为谁卑微过你的青春

当你真的在乎一个人，多么微不足道的小细节，也变得重要起来。
因为爱，所以在乎，因为在乎，所以卑微。

总有一些事情是停滞住的，譬如说所有的第一次，第一次拿到最想要的三好生证书，第一次去最大的游乐场，第一次喜欢上一个人之后的种种，都像是从那个点延续出来的一些模糊的线段。就像是我们真正喜欢过的东西，喜欢过的感觉，喜欢过的人在心里永远不会变样。

暗恋是怎样的距离，好像只能用眼神来定义。

他排队在你前面谈笑风生，他踢球在操场尘土飞扬，他课间在教室里低头微笑，他看见你了，他又没有看见你。你那么希望他知道你的存在，又那么担心他知道你的存在。

是的，他在你心中就是一个会发光的男生，周围那些金色的小灰尘飘浮着，笑容熠熠生辉。

因为那光芒，你在他面前觉得自己一无是处，感到自己那么卑微。

这种卑微一开始是幸福的，你细细地留意关于他的一切，在意他的喜怒哀乐，想把最好的留给他，只为得到他一个期许的眼神，一个微笑，或者一句感激。

你们曾有过一段美好的时光，真心真意，没有隔阂。但你始终是卑微的，你不敢对他无所顾忌地玩笑，不敢对他提要求，甚至不敢拒绝他。

可你的内心，还是开心的，虽然，你一开始并不想要这种关系，但最起码，你们之间有了联系。

亲爱的，其实你并不卑微，别人都说你活该受伤，却没人懂得你情长。如果肯花点心思在对方的心上走一圈，也许还能找回当初爱一个人的初心。你还在等着他吗，继续等吧，他会回来的。很久以后的一天，他突然想起了你，会是温暖而恬静的。因为，他再也找不到第二个卑微的你，那么可爱的你。如果有一天，你遇到了另一个卑微的爱着你的他，请接过他的牛奶，微笑着说："你不卑微，我喜欢你做的一切。"好吗？（佚名）

遇见你，竟花光我所有的好运气

曾经我多么希望我不曾遇见你，那么那些与你相关的失望与记忆便可避而远之。
可我又多么庆幸那时遇见你，即便它已花光我所有的好运气。

我必须跟你告别，把你遗留在青春飞扬的回忆里。自导自演的单恋，每个剧情都是我的独角戏，所以终该走到尽头。

了却心愿，与自己约定好彻底告别的日子里，思念变得似乎没有那么深，就好像被蚂蚁咬了一口，无关痛痒。

这样没有爱，没有喜欢，没有那些懂得的情绪的生活，我也不会干涸。只是某一天，无意中看到和你相似的背影，突然多么庆幸那时遇见你。

我一度认为，若是不曾遇到你该有多好。

如果不是你，至少现在的我还相信爱情，还相信那些如彩虹般绚烂的童话。

曾经我多么希望我不曾遇见你，那么那些与你相关的失望与记忆便可避而远之。我还是那个懵懂的少女，怀着所有对爱情的美好幻想。也许会遇上一个人，也许继续憧憬等待。

可我又多么庆幸那时遇见你，即便它已花光我所有的好运气。

你无微不至却又若即若离，我反复思量小心翼翼。

第一次有了安心的被照顾的感觉，以为幸福终于眷顾。第一次在一个人面前那么的不设防，那么肆无忌惮地哭，第一次相信天荒地老。开始享受你给予的所有温暖，开始患得患失，开始渐渐明白喜欢一个人是什么感觉。

可最后发现，一切不过是我自己以为而已。

你一如指缝里的阳光，温暖美好却永远无法抓在我的手心里。

那些蛊惑了我，让我误以为是爱情的错觉，只是因你是个过客，而不是归人的美丽错误。

我曾站在你的身后，一眼把你望进永恒。从来没有想过，从前的从前，将来的将来，你的所有微笑，都会离开我的视线。一切，不再如从前。

记得我曾说过，靠回忆过日子的人都很可怜，因为看不到未来，只能在曾经找寻安慰。或许过去并不完美，你可以虚构，可以杜撰。因它是过去了的，无从考证。

有时候，我想我们只是爱上了自己回忆中的那个人。

那些寂寥的荒芜，在寂寞中开出花来。如果有一天我不再爱你了，我想我就不会再感觉到寂寞了。

可是没有一个人可以爱，又是多么孤独的一件事情。

只是自从遇见你，其他人就都成了将就。而我，不愿将就。我想我再也遇不到像你对我这么好的人了。

三毛在《倾城》里写道：有时候，我们要对自己残忍一点，不能纵容自己的伤心。有时候，我们要对自己深爱的人残忍一点，将对他们的爱、责任、记忆搁置。

正如回忆里的人，是不能去见的。去见了，回忆就没了。

曾相知的两个人怎么都不会想到，有一天再也找不到对方。即便心里记得，偶尔还会梦到，但终究手边挽着的不是梦里的那个人。说好一辈子，少一年，一个月，一天，一个时辰，都算不得一辈子。那，不如相忘于江湖。（陌城）

我不是归人，只是个过客

我曾经渴望一生被你收藏好，妥善安放，细心保存。
免我惊，免我苦，免我四处流浪，免我无枝可依。

以为总是长久的东西，其实，就在转身与刹那间便不在身边了。

曾经深爱、思念着的人便轻易地变成了曾经熟悉的陌生人。曾经纯真无邪，曾经美丽梦想，随着四季轮回慢慢地散尽……

这就是青春，在岁月里转身，从一个熟悉到另外一个陌生，再从陌生转变到熟悉，在青春的酸甜苦乐里稚气、幻想慢慢褪去。

不出意外的话，我们不会再有交集了。

不再在嘈杂的人声中捕捉你的嗓音了。不再在滚滚人流中追逐你的身影了。不再，为你心动了。

你从来没有发现，喊出你的名字的时候，是我最温柔的时候，甚至声音有微微的颤抖；经过你的身旁，我的脚步总是放得又轻又慢；我从不敢直视你的眼睛，怕泄露了太多的情感。

我能把你的名字写得比我的名字还溜；满脑子都是你的身影，回忆一刹那只剩与你有关的点点滴滴；吃饭的时候，睡觉的时候，逛街的时候，发呆的时候，都在想你在干什么呢。

会不会，会不会像我想你一样想我呢……

那样以你为中心的生活，因回忆而丰满，因现实而枯萎。距离拉长了思念，却阻隔了见面；时间沉淀了暗恋，让你离我好远好远。

我想，是该放下你了，回忆，仅仅是用来回忆。

你拨动了我的心弦，却不曾为我驻足，你甚至，连一个微小的回应都不曾给我。当我以为你还在的时候，你已没有踪影，当你回头找寻我的时候，我已开始寻找自己的天空。

请不要怀疑，曾经，我愿意不顾一切的等你，愿意随时随地陪你，愿意在你身后默默底看你，为你的快乐而感到快乐，为你的悲伤而感到悲伤。

可等待不苦，苦的是，没有希望地等待。（佚名）

宁愿让你后悔错过我

我们总是无法把握，
近在咫尺的拥有。

你好吗？

跟所有老套的剧情一样，我只能这么开头。

情窦初开的许多年前，我在心里无数遍地跟你说着：我爱你。但时至今日，早已不再念念不忘，于是变成了，你好吗？

我也不知道那时候为什么爱你，也许是因为你在上课的时候偷偷分我一支棒棒糖；也许是我要坐上冰冷的石板凳之前，你会关心地垫上一本书；也许是因为散步时看到我哆嗦着身体，你会给我披上自己的外套；也许是因为我把不吃的东西全都夹到你的碗里时，你脸上遮掩不住的幸福和满足；也许是因为玩游戏时我们默契的只有彼此能懂的眼神……

我不确定那是不是爱，但是那段时间，我第一次为一个男生暗自哭泣，第一次给一个男生买药、送早餐，第一次想要靠近和倾听一个男生的内心。也正是那段青涩的时光，我体会到了生命中前所未有的美好和温暖。

还记得校庆那天晚上我们一起看焰火吗？一束束礼花升上天空然后绽放，美得惊人和炫目，你悄悄在我耳边说："这是我有生以来最美好的夜晚。"我笑而不语，只是继续抬头看天上漂亮的烟花。心里打着鼓，那种生怕丢了你的忐忑折腾着我。

但后来，我还是丢了你，你和另外的人，看了同样的烟花，或许还说了同样的话，我无从知晓。

毕业晚会结束后，我和同学们一起收拾桌椅，你的声音突然从身后响起：离开你，是我最后悔的事。我沉默了半晌，很认真地告诉你：你若不抛下我去爱别人，或许你会更后悔，我宁愿让你后悔错过我，也不想让你后悔跟我在一起。

有些人有些事，一旦错过便是永远。

然后有一天，突然发现，我再也想不起你的样子，那个我爱了整整一个青春的少年，再也无法想象出你应有的模样，只依稀记得，白色衬衣上闪烁着柔和的光芒，柠檬香飘散在记忆的路上。

尽管以后你不会再听我唱歌，不会再跟我去看校外河岸上纷飞的芦花和散落的羊群，不会再在拥挤的人群里费尽力气想要和我的眼神相遇。

我知道一切都不再了，时光如梭，唯一留下的只有平静和祝愿。虽然偶尔心泛涟漪，却也再不是大的风浪。因为，在我的世界里，我始终不会忘记你的身份：曾经爱过的人。（蛐蛐儿）

你是那颗蛀牙，我却不想把你连根拔起

我们总是在错误的时间，错误的地点，懵懵然就爱上那个人，
然后，不得不用尽一生来遗忘。

就当你是一场牙痛，不是病，却狠狠地让我痛了一段蛀牙期。

就当爱你是一颗蛀牙发生疼痛从开始到结束，而我总会找到一个好的牙医，在不触动神经的前提下把那颗蛀牙连根拔起。

整理日记的时候，被日记里所有关于我对你的爱恋，甜到牙痛。曾经我吃过蜂蜜，嘴里还残留蜂蜜的甜，让我在苦的时候一遍一遍回忆那时候的甜。

我度过了一个人的雨季。在白天黑夜看着雨水沥沥，像是无休无止的眼泪在天空的脸上流淌，在地上形成了那一条河，名叫思念的河。我在河的这一端，可是河的对岸却空无一人。我忘记把你从心里

驱赶出去，就像我忘记了撑伞度过那段漫长的雨季，以至于我的心也开始泪流成汪洋大海。

从醒着到睡下，从清醒到模糊，从明白到糊涂，从爱着到不爱，从执着到放下。可能我只是需要给自己一首歌的时间，告诉自己每一个故事就像是一首歌，从开始的平缓，到中间的歇斯底里，到最后的无可奈何。

不是每朵花都可以让蜜蜂喜欢，不是每一个角落阳光都能普及，不是每一个人都可以让你真诚以待。爱你就像过敏，明知道不能碰，却还是碰了，因为情不自禁。想念你，就像是听一首歌，你永远不会知道我单曲循环了多少次。

喜欢着你的时候，好像你给了我一颗糖，但喜欢过后，你把你给的糖要了回去，所以，我有了蛀牙。

我始终在你看不见的地方，不可以再遇见你，告诉你我所有的心情。比起笑着说再见，我更愿意哭着说我喜欢你。

最后我只能当你是一场牙痛，我想狠狠地痛到歇斯底里，可是总会好的。你是那颗蛀牙，我却不想把你连根拔起。（佚名）

我想知道，怎样才能戒掉你

我喜欢你，很久了。等你，也很久了。
现在，我要离开，比很久很久还要久。

你喝完最后一口早已冷掉的黑咖啡，苦涩的味道让你皱起好看的眉。走出咖啡店，你一定想不到你会偶遇一场雨。整座城市朦胧，朦胧的城市轮廓，朦胧的路人，朦胧的雨滴以及一把把朦胧的伞。

南方的雨天总是湿冷的。你仍旧穿着那件藏蓝色的毛呢大衣，卡其色休闲裤以及那条围巾。你不时地向远处张望，却再也找不到那个总在雨天为你撑伞的我。

你该明白，离开的人，回不来。这场说下就下、说停就停的雨，你控制不了。你只能苦涩地笑笑，整整围巾，义无反顾地跑进雨里。

没人知道，角落里冷掉的咖啡多希望能再次被续杯。

雷雨交加的夜晚，你彻夜难眠，空气里仿佛还残留阳光的味道。手机里发出微弱的光，在夜里足够照亮你孤独的脸以及紧抿着的唇。你反复翻看手机，生怕错过谁的短信。

可是事实上，你比任何人都要明白。那个会在半夜给你发短信的我，你再也找不到了。

你要面对以后每一个只有你一个人的雨天，这场说来就来的雷雨，伴随着你的孤独无奈以及落寞。有些人要走，你留不住。有些爱已逝，你挽回不了。

你闭着眼睛，在深夜里，想象着明天放晴，明天风和日丽。没人知道，阳光有孤单的味道。

明知道这是一场下不完的雨，你的伞也没有用。

明知道你是一场我留不住的雨，我的爱也没有用。（简间在路上）

你不喜欢我，
我喜欢谁都可以

我记得关于你的每一件事，
就是老记不住你喜欢的不是我。

好像一切又回到了最初那个模样，偶尔在参加聚会的时候还是可以听见关于你的只言片语。听见的时候，就学着像是一个旁观者，笑一笑。反正关于你的一切早就跟我没有多大关系了。

我也曾失落了一阵子，每次听到电话响起就像是惊弓之鸟一样，紧绷神经，直到看见来电显示不是那个熟悉的号码又开始像泄了气的皮球。我不知道当时的心情是松了一口气的情绪比较多，还是失望的苦涩滋味比较多，又仿佛是它们两者综合了起来。

后来，仿佛又渐渐好了，耳朵不再对电话响起的铃声特别的敏感。偶尔有几个电话进来，我也可以不慌不忙地找到电话，接起电话，再也没有刻意地去看一下来电显示的名字。偶尔在喝热茶被烫到的时候，吹一吹，再慢慢地喝，毕竟冷掉的茶的滋味不好受。

我也开始慢慢处理掉一些东西，从手机里的照片到信息，再到聊天工具的聊天内容再到电话录音。好像这一切做起来的时候开始可以从容不迫，心无杂念。

喜欢一个人的时候，可以喜欢多久呢。浅喜深爱，喜欢的时候，淡淡的就好了吧。你用付出所有，也无须告诉那个人，就当是你自己的事情便好；爱上的时候，清淡一点也就好，可以去追求，可以去努力。碰上那个人刚好也爱你，那便好；那个人不爱你，再怎么纠缠都没有用。

我时常想起张爱玲说的那句话，她说："因为爱过，所以慈悲；因为懂得，所以宽容。"我现在的这个年纪，还没能深刻地去理解这句话。没爱过几个人，也没爱得那么贴近生命，自然也不可能有张爱玲那般透彻的感悟。只是会时常想起，然后心里久久地不能平静以及疑惑。

可能，我不打扰，不是因为不喜欢了，而是因为还喜欢。而你不喜欢我，那么，我喜欢谁都可以。

之后呢，我也见过你几次，在不同的场合。你还是我记忆里的那个人，耀眼，像一个王者在你的世界里发着光。我想起曾经有个人说：当你喜欢一个人的时候，那个人在你眼里便发着光，直直地照进你的心里，你毫无抵抗力。

现在，你还发着光，只是你的身边从来不缺少趋光的人，兜兜转转，我无非也是趋光那部分人的其中之一。没有特别，自然也不会有太特殊的待遇。如果非要说出点特别的东西来，无非也就是，我曾以为我从你身上得到过些许的温柔，你给的温柔。

对一个人太喜欢的时候，总觉得那个人也是喜欢我的吧，对我也是特别的吧，所以在还没有看清楚的时候，就把喜欢的感觉在心里根深蒂固了。直到后来发现些什么蛛丝马迹的时候，已经来不及了，陷入了，而那个人却很快抽身了。爱情里的鼎鱼幕燕之境，无非就是这样的时候。我以为的，从来就不是我的。

好几次那样的见面，我也只是远远地望着你，偶尔眼神对上了，就举举手上的酒杯，示意笑笑，然后仰头，酒杯也就见底了。仿佛是要把心里不断往上冒的思绪全都如同杯子里的酒一样，又重新喝进肚子里，让它们永不见天日。

是啊，是啊，我是喜欢你啊，可是我有什么办法，你又不喜欢我。

只是我的花，开不出来了，因为心里始终没有欢喜。因为心里始终没有欢喜，开了花，也是朵不快乐的花。是啊，我是喜欢你啊，可是那又怎样呢。爱情它就是一场宿命，得之我幸，失之我命，也无须强求。

如果你不喜欢我，那么我喜欢谁都可以。

他们说咖啡喝完了，可以续杯。只是我的那杯茶凉掉了，却没有人再帮我温热了。那就那样吧，换一杯热茶吧，我想味道也应该差不到哪里去。

我曾经喜欢你，很久很久。现在我要离开了，比很久还要久。(佚名)

谁先爱了，谁就输了

每一段感情都值得被祝福，年少时全力投入到每一段感情中，那时不懂什么是爱，却愿意为了一种叫作喜欢的情愫倾尽所有。

窗外下着大雨，我所在的城市一夜之间从魅力林城变成了浪漫水城，我们还来不及回味这场大雨带给我们的惊喜。行色匆匆的人们依旧无法停下脚步，还是要为当下的生活继续忙碌奔波。

从逝去的青春梦中醒来，我们渐行渐远，人生如一场漫长的告别。终有一日，我们拥有的将只有过去，如果没有开始的勇气，又何来疯狂的过程，又怎知终点是喜还是伤。你来过，我的青春里，谁先爱了，谁就输了。很明显，在你我的故事中，我是那个输的人。

爱由一个微笑开始，最终却像陌生人一样形同陌路是一件很受伤的事。但最痛苦的莫过我爱你，而却没有勇气让你知道我的感受，那般浓烈又自卑到尘埃里的悲伤。

每一段感情都值得被祝福，年少时全力投入到每一段感情中，那时不懂什么是爱，却愿意为了一种叫作喜欢的情愫倾尽所有。

人生中一件伤心的事，是当我遇见一个对我充满意义的人，但却最后才发现，不曾回应的爱，就像泡沫，飘不了多远，就破灭了。

夜深人静时，再也不会为等你的电话而整夜开机，伴着期待入睡。看着相同的天花板，却再没有曾经的心情。

再也想不起，炎热夏日同撑一把伞遮阳的心情；再也不会有，挑选礼物的忐忑与欣喜；再也遇不到，校园里那个让我心慌意乱的身影。

其实这个世界上我还可以遇到很多人，只不过先遇到了你，我就不想考虑别人了；我的爱也不是非给你不可，只不过都给了你，就不能给别人了；我也不是非等你不可，只不过等了你就不能等别人了。

青春太短，没留时间给我每日带着遗憾醒来。所以去爱那些对我好的人，忘掉那些不知道珍惜我的人。坦然地挥手告别对方，我会记得你，然后爱别人。

要走的路，有着太多的不确定，世事难以预料，谁都无法带走什么，又何必纠结于某一人、某一时、某一事，也许一个人要走很长的路，经历过生命中无数突如其来的繁华和苍凉之后才会变得成熟。

那些年，你来过，我的青春里，纵然最后的结局依旧是别离，却也足以填满那段灿烂时光中美好的回忆。（Sweet_August）

时光之里山南水北，你我之间人来人往

时光的深处，还藏着年少时埋下的糖果匣子，没有人来得及将它们挖掘出来。那么，那些藏在糖匣子里的秘密，还会有谁记得吗？

那些在青草地上追逐着打闹的年少，像一阵偶尔经过的风，留下一地的狼藉后，忽然间就老去了。而年少的我们，还没来得及挥一挥手，惆怅着和时光说声再见，就被光怪陆离的现实拉扯着，脱离了最初的航线。而后，剧烈地拉伸成长，化蛹成蝶，长成始料未及的强大模样。

年少是最温暖的橘色云朵，浮过白雾悠悠的青碧色山脉。大风吹一吹，便落下清凉的雨滴，跌进比矿泉水还要清澈的眼睛里，溅起层层微浅的涟漪，细细漾开后，侧映着年少最干净的样子。我们被唤作少年，清澈的眼睑盛满了年华里最温柔的一池春水，指尖有跃动的白光笼罩着。

那些曾在指尖轻柔停歇过的微风，和染得色彩斑驳的棉花糖，还有粘在猫咪尾巴上的青草色透明水果糖。年少是少年曾经过的风景，你喜欢的那个人，在年少里以安静默立的姿势站成不朽的永恒。

吹过盛夏的季风，带着无处不在的闷热温暖，呼啸着，一遍又一遍地吹过荒无人迹的旷野。我们在严寒的冬天里拔节生长，在兵荒马乱的年月里辗转奔走着，最后被迫成长蜕变。

那蝉翼般薄而透明的年少，轰然远远逝去了。那些脆弱的，疼痛的，不舍的，统统被现实从身体里剥离，露出鲜血淋淋的伤口。而那些曾被鲜血浸泡过的伤口，最后会结起厚厚的深褐色血痂。齿轮咬合样往复的时间，一点点在岁月里老了过去。那些曾经经过的风景，还等在最开始的地方，执着地等着你还能从我的心上路过。

时光的深处，还藏着年少时埋下的糖果匣子，没有人来得及将它们挖掘出来。那么，那些藏在糖匣子里的秘密，还会有谁记得吗？那些躲在云朵故乡说给月亮听的故事，就这样尘封在墙角的匣子里了吗？铁匣子生了厚重的土黄色锈迹，放在匣子里的关于年少的风景画，也被岁月斑驳的颜料染画得更为老旧了。

只是，大片大片的纯白色，依旧干净得动人心魄。时间回溯到被风吹凉的秋季。梧桐叶承载不了整个季节赋予的凉意，早早地从枝头跌落下来，在地上铺满浅密的金黄色。上一个秋季落下的叶子，叶脉的纹路里还纠集着年少时微笑的温度。散落在青石板上的泥土，似乎还是年少时你经过的模样。

少年的年少，你留给我的温度还残留在上一季拂过的微风里。我们都是少年，都曾年少，也都曾陪着时光一起，不停打马经过那些流年里的风景。

少年在年少的岁月中渐渐走失，铅华洗尽后，依旧颔首低吟，巧笑嫣然，将年少画上句点，你是我最华丽的那一篇。（佚名）

我庆幸自己遇见你，也遗憾只是遇见你

你是天晴是夜雨是黎明是夕阳，唯独不是怀抱。
你是大风是薄雾是飞鸟是花海，唯独不是归宿。

暗恋和暗疮，是同样苦涩和卑微的。

谁不曾轻轻地暗恋过别人？说自己从不暗恋别人的，只是不想承认有过那么无助的爱。

你让自己徘徊在冰冷的雨林里，一双不知所措的眼睛漂泊在黄昏空旷的大街上，雨点如娴熟的剑客，刺中你东躲西藏的心，荡起一阵阵寒意。

寒战里有一种说不出的哀愁，淅沥沥的雨从发梢湿到心底，思念也随之潮湿，你害怕像仙人掌般不能碰触的思念，会在雨季中烂根死去。雨点打在地上，却响在心里。回忆是如此残酷，引得天地也为之

流泪，绵绵不绝的雷来洗涮往事的痕迹。

头脑可以接受劝告，但心却不能，而爱，因为没学地理，所以不识边界。爱情里，没有规则、没有输赢、没有对错、没有英雄、没有智者、更没有天才……有的，只是傻瓜。

有没有这么一个人，你无数次说着要放弃，但终究还是舍不得？因为舍不得，所以，才让自己这么地难过。

有没有这么一个人，你会在想起他时，不自觉地上扬了嘴角。

有没有这么一个人，你会在听到他的名字时，忽然变得沉默。

有没有这么一个人，你会在独自一人时想他想到哭泣，却在看见他时故作无所谓地笑。

有没有这么一个人，你感谢上天让你遇见了他，你觉得只要看见他就是一种幸福。

有没有这么一个人，你为他浪费了青春，错过了爱情，却依旧傻傻地守候，即使你知道，不管等多久他依旧不会回头。

有没有这么一个人，会让你觉得是老天派来的，你心甘情愿地被伤害，即使你知道你会遍体鳞伤。

有没有这么一个人，你无数次地希望自己没有喜欢过他，甚至从未认识过他，但是如果老天给你一次机会回到过去，你依旧会选择喜欢他，甚至连一丝犹豫都没有。

有没有这么一个人，你不知道他究竟是不是你生命中的那个唯一，你不确定自己是在错误的时间遇见了对的人，还是在对的时间遇见了错误的人。

生命中有太多的美好与感动，但是你宁愿为了那个人而失落伤感，甚至濒临崩溃。你会在日记上写下大段大段关于他的点点滴滴，会在听到某句歌词那么贴切地唱出你的心声时，失声痛哭，会在夜里梦到他冷漠的表情，从夜里哭醒过来，甚至更多更多。

曾经，喜欢他的每一天对你来说都是一种折磨，每一分每一秒，都夹杂着痛苦与甜蜜。即使痛苦一次次让你落泪，即使你知道甜蜜只是你安慰自己的假象。那种说不清道不明的感觉，好像踩在时间的桥廊里，周围都是迷雾和光影都透不过的幻觉。

你说：你认了。

你说：我从喜欢上他那刻起就认输了。

你说：你看，我输到心都空了。

你说：我把这份单纯的暗恋藏在一个小小的角落，或许等老了会笑着说出来吧。

他纵有千个优点，但他不爱你，这是一个你永远无法说服自己去接受的缺点。一个人最大的缺点不是自私、多情、野蛮、任性，而是偏执地爱一个不爱自己的人。那种暗恋的孤寞，是一种无伤的痛，巴山夜雨从唐时走来，他却无法告诉你何时相逢。静坐黑夜，天籁沉寂，唯有思念尽情飘洒，缘已尽，情未了。

时间会告诉你真相，有些事情，要等到你渐渐清醒了，才明白它是条弯路；有些东西，要等到你真正放下了，才知道它的沉重。时间会让你了解爱情，时间能够证明爱情，也能够把爱推翻。没有一种悲伤是不能被时间减轻的。

后来，你学会了祝福，习惯于默守，习惯于偶尔的惦念，就这样，一直延续下去，永无归期。

一路前行，偶有回忆，寥寥数笔，只道回忆。（佚名）

第五卷

我对你的好，我自己知道就好

我和你，
一步之遥；
我既无法上前一步，
陪伴你左右；
也无法退后一步，
重新找回朋友的支点，
只能静静地看着你，
默默地祝福你。

我很庆幸，生命之中有你出现过

少女般粉色的恋爱心情，每个人大抵都经历过，
一个人的遐想，一个人的小羞涩，尽管不会有人懂，
还是沉浸在自己的小世界里想象着某天可以跟他牵手拥抱。

那时候的我们还小，还不懂怎么去喜欢一个人，怎么去对一个人好。而现在知道了，却再也没有一个人能让我们如此动心了。

少女般粉色的恋爱心情，每个人大抵都经历过，一个人的遐想，一个人的小羞涩，尽管不会有人懂，还是沉浸在自己的小世界里想象着某天可以跟他牵手拥抱。那个时候不像现在，我们有固定的座位，固定的同桌，每天都会那个角度假装无意而偷偷地看着他，尽管可能他不知道。

很多他的细节，他的动作，不经意间就会留心。他高兴的时候，自己比他还要更加高兴，他不开心了，总想逗他，有时甚至比他更失

落。有时他突然回眸，看了一眼，都觉得好像一切都变得美好了。这就是女生吧。

想起来，这些都是很早以前的事了，不过脑海里依旧会有些许片段。尽管他现在可能有别人陪在身边，而那人不是我，也希望他幸福快乐，好好生活。

这不是一段恋爱故事，没有动人情节，没有坚不可摧的誓言，这只是一个没有结局的故事。与名利无关，是我青葱岁月里一个曾经出现让我觉得这个世界备感温暖的人。

也许你会问我，为什么当初没有选择告白，大胆表达出自己的想法。嘿，可能是我不够坚定，不够勇敢，抑或是很多女生的小心思，总觉得告白该是男生做的事，什么浪漫的仪式，美好的情节，都是他们该要去精心准备的。是我没有勇敢跨出那一步，也许有结果，也许没有。

不管怎样，我很庆幸，生命之中有你出现过，你像一只蜻蜓，点过我的湖心。而现在，你已飞走，而我，也不再有湖心。

到现在，我都没能再遇见一个，像你那样，干净温暖的男生。(单色季)

时间把暗恋写成了歌，
却让唱歌的人四处流浪

暗恋的情感，已深深地渗入生命。
它让我在此后漫长的人生里，始终怀有一颗敏感温柔的心，
在平凡琐屑的生活里，学会用心去爱。

暗恋是所有爱情里，最绵长最持久的情感，可与生命相媲，与死亡抗衡。盛放的爱情之花，再美都有凋落的时候。唯有暗恋，它永远都是花苞，永远都不曾绽开，所以它从不会老，经得起时光任何形式的锻打和折磨。哪怕在很多很多的若干年后，它仍然会那么美，如同白墙上的映画，摇曳在暗恋者的心底，生动鲜活。

我又一次地见到你，不知道是在哪里，只记得那是盛大的会场。很多的人，很多的声音，很多的面孔，你站在舞台中央，我一直在等你讲话。但你像往常一样，微昂着头，骄傲地站着，紧抿着嘴，始终沉默。转身后竟然发现，你站在一个巨大的圆形的屋顶上唱歌，人群

正如流水一般地在逐渐散去，你的歌声洪大地，激昂地，锋利地穿越人心。

我呆立在不断流动的人群里，一言不发，眼泪四溢。这么美的歌声，你却仅仅唱给我一个人。梦里醒来，内心充满着饱满的情感，如同这个大雨过后的清晨，闪耀着一种明亮的温柔的忧伤的光芒。我站在这里，再也无法看见你，那属于你的海角，你的天涯。

暗恋你的那个时候，我曾在文章里这样记录：喜欢你笑起来温暖、明净的样子，喜欢你打球时飞身进球的一瞬间，修长的身影在阳光里划出的优美弧度，喜欢你睿智里的那丝丝狡黠，喜欢你伸出大手在我头顶轻拍的那种感觉。我像是几米画里的那个习惯在冬天围着一条红色围巾的女孩，走在热闹的人群里，却常常因为没有你，而备感失落和忧郁。是你的笑容，让我觉得温暖感动。那是怎样的一种笑容啊！以至于现在想来，依然清晰如昨。像是春日的午后，阳光从梧桐叶间漏下的那种感觉，细细碎碎的，让人可以嗅到草木的香甜。我那年轻的十九岁的心，在暗恋里，记下了整整的两本日记。

爱情的最后，总会被激情消磨殆尽，但是暗恋不会，它如同一些不能说的秘密，自始至终都能以自己丰沛饱满的形式存在，像一首诗，一首长长的史诗，藏在暗恋者的心里，吟咏不止。

你送给我的书，我全部珍藏着。你递给我的拿铁咖啡，我仍然记得那个味道。还记得最后一次的见面，是在暗恋过的若干年后，我已经在与别人的爱情里，可以和你轻松相对。我们坐在一起吃饭，我不再局促，可以与你交谈轻松的话题。你说：过得好吗？我低头一笑，泪光在心里闪过。好像心忽然被开了一洞门，隐隐的风里，心事全被偷去。自此，再不能言语。

我们就如同两条平行的线，各自在自己的轨道前进，再不交汇。甚至于现在，再不联络，远隔天涯。但那曾经暗恋的时光，暗恋的情感，已深深地渗入生命，无法抹去。它甚至以其浩大的强壮的情感能量，涵养了我的生命，让我在此后漫长的人生里，始终怀有一颗敏感温柔的心，在平凡琐屑的生活里，学会用心去爱。虽然现在的你，对于我，仅仅只余下，梦里的忽然降临，醒来的满目泪水。（冯娟子）

年轻的你我行踪不明，暗恋也只能无疾而终

有时候，选择与某人保持距离，不是因为不在乎，
而是因为清楚地知道，他不属于你。

你曾暗恋过一个人吗？你曾为了一个人而郁郁寡欢或是食不知味吗？喜欢他，却不能告诉他，或者因为他身边已经有了另一个人，想要关心他，却不能靠近他，只因你们无法在一起。你只能把那份情深深地放在心底，任它在心海深处泛起阵阵波澜，看到他时莫名欢喜，看不到他时忍不住就会失落，那种思恋你无法控制，任它悄悄地蔓延，暗暗地滋长。最苦的不是等待，而是等待过后，仍然等不到想要的期许。

相逢本有缘，你多么希望对方可以多看你一眼，至少能够感受到你的存在，你多么希望对方可以懂你一点，至少能够看到你眼中那些

许的落寞。喜欢一个人本没有错，因为情不自禁，才会如此依恋，有时候你会突然地厌恶你自己，为何不能收敛一些呢？你明明知道，那是一种揪心的痛楚，常常躲在他的身后，只为看到他那熟悉的身影，怕他回头，又希望他回头，多么矛盾的心境，多么无奈的感受。

对方一个表情，一个笑容，都会触动到你的心弦。静静地看着他，好像全世界只有他一个人，完全沉醉在对方的世界中，绽放了心灵，柔软了心扉。

多么希望画面可以静止，时光可以停留，就这么一直看着他，想着他。这样的心境已经找不到任何词汇可以形容，最幸运，生命中可以遇见他，你的生命因为他而变得丰盈美丽，因为他而备感幸福，即使你从未表达过爱，从未说过一句我喜欢你。

暗恋一个人，总会忍不住想念。一个人的时候，那种孤独感会油然而生，想念的气息游荡在房间的每个角落，空气中弥漫着浅浅的忧伤，但心里也会感到一丝丝的甜蜜，那些深深浅浅的思念，都是因为喜欢。

情由心动，爱由心生。对一个人的喜欢，没有缘由，那个人的名字总会在你的心间起起落落，尽管你知道对方离你很远很远，可对他的喜欢和欣赏，却一刻都不曾改变。

暗恋是一种不动声色的美丽，总是选择站在一个恰好的位置，顺着眼睛余光努力摸索对方的一举一动。你会因对方的欢喜而开心，也会因对方的忧愁而苦恼。很多时候你多想帮他去做一些力所能及的事情，你多想给他一些温暖，可是，直到最后，你还是会选择静静地望着他。

你没有勇气告诉对方你的心疼和担忧，多少次在心底为他祈祷，希望他一切都好，希望笑容可以永远绽放在他的嘴角，你就像那多情的蝴蝶，痴痴地翩飞在他的周围，不为回报，不为知晓，只愿对方一切安好。

还记得年少时候的自己吗？还记得最初的那份悸动吗？那些难忘的故事，那些难忘的人，也许只是时光深处的惊鸿一瞥，却足以让年少的我们沉醉于一个华丽的梦境。

年少时候的情怀，是那么纯粹。仅仅是因为某一时刻的心动，便会暗暗喜欢一个人很久，不表露，不张扬，把对方默默地藏在心里。藏在心里并不是因为不够喜欢，而是因为太喜欢，所以不想破坏心中的那份美好。纯纯的，暖暖的，你把他变成你心里面的一个秘密，永久地保存在今后漫长的时光里，让最初的那份懵懂成为年少时的一个印记。

每一个人，都有自己深藏的故事，只是，找不到合适的人诉说。对于暗恋一词，我想我们并不陌生，我们也会遇到一个一见倾心，却无法走在一起的人，或早、或晚。因为没有自信，害怕被拒绝，常常扮演着自视清高的角色，好像什么事情都与自己无关，其实心里面早已经生根发芽，无法抑制，却故作冷静，假装一切都好。对于喜欢的人，故作轻松地一笑而过，或许你心里会在想，他会喜欢我吗？他是不是也与我一样呢？纠结苦痛一番还是会选择沉默，选择放弃。

有很多时候，都会感觉喜欢一个人，不一定非要表达出来。不说出来，心里会感觉有期待，有幻想，也许当你说出来，一切就变得不再美好，与其让它破碎凋零，不如把它完好地保存下来，将无数思恋化作一缕温馨，流淌在我们的心间，在午夜的一隅开出一朵绚烂的花，这何尝不是一种美丽呢？

其实喜欢一个人的感觉本是美好的。若是苦涩，也是因为自己的些许贪婪，其实喜欢不一定非要拥有，就像一朵花，喜欢可以给它浇水，或是施肥，切勿摘下。命里有时终须有，命里无时莫强求，风景只适合观赏，不适合采摘，远远欣赏也是一种美。（佚名）

我一直都在你身后，就差你一个回头

我多想拥抱你，可惜时光之里山南水北，可惜你我中间人来人往。

当暗恋在青春里徐徐飘过时，才发现它并没有那么沧桑久远。

因为暗恋的美好，我们总是一遍一遍，不厌其烦地追述着青春。

如果还有可能，我想再回到从前的岁月，只是两个人互相欣赏，我推荐给你一部电影，而你则说那本书真的不错。然后在碧空如洗下，安静地想……

在那个时候，你的笑容触摸不到，却总是那么真实如梦。

还是很想他，在某个地方，少了尴尬，也少了心动。而夏天还是那么短，思念却很长。

如果人生可以重来一次，我依然会选择爱你。很久之后我才知道，这世上注定有一个人，虽然他属于你的时光很短很少，但你如果想要忘记他，已经需要用尽一生。

我们总以为那份痴情很重，很重，是世上最重的重量。

有一天，蓦然回首，我们才发现，暗恋一直都是很轻，很轻的。我们以为爱得很深，很深，来日岁月会让你知道，它不过很浅，很浅。最深和最重的爱，必须和时日一起成长。

我想，过了很久很久，也许在我暮暮老去的时候，骤然转身的时候，我发现你还在那里，微笑的样子，和从前一样。轻轻地问你："你好吗？"然后你会说："我很好。"嘴角的样子，和从前一样。(佚名)

假如，
你知道我有多喜欢你，那该多好

有些人，一旦遇见，便一眼万年；有些心动，一旦开始，便覆水难收。

如果说一段感情，只是你自己一个人的事情，对方浑然不知。即便是自己泥足深陷，可心里是明白的，这段感情，没有下文，写不出结局。

对于每个女孩子，“长大”成为少女的一个重要过程，就是偷偷地在心里住了一个人。

你的名字会出现在我带有香味的日记本里，你的模样会沾染了我的眼泪，你的微笑接近温暖。就连在梦中，你的拥抱也变得柔软。

在我年轻的生命中，你稳稳地占据了一个位置。

或许每场青春不一定有一个清晰的结局，每场暗恋都只能是无疾而终。

曾经无数次地想要接近你的星球，在漫长的，接近虚无的宇宙黑洞或者尘埃星云里，朝着你跋涉。

没有结果的。

那些大团圆结局抑或撕心裂肺的痛哭只能无数次地出现在虚幻的桥段，那是小说，而生活真实到只能让我们擦肩，无数交错纠缠的昨天终将随时光老去。

那样偷偷地爱着的时光，虽然美好，却也令人纠结。一段感情，没有对错，却奈何没有结果。有些暗恋，辗转于心头。

曾经一瞬间的心动，或许在多年以后还尘封在心头一隅，在静谧的夜里想起，绵绵不绝。（佚名）

喜欢你，只是我自己一个人的事

偷偷猜想着，在你心中，我的名字是否停留过，哪怕只一秒。

若不是因为爱着你，怎么会夜深还没睡意。

夜已深，可是电脑屏幕还一直亮着，因为我还在刷新着你的每个页面，期待着你会不会也跟我一样长夜未眠，期待着能不能在第一时间窥见你的心情。习惯了说到什么总是习惯性地提起你、想到你。

若不是因为爱着你，怎会有不安的情绪。

时光似乎在慢慢地侵蚀着我。一日一日，一年一年。这一份埋在心底的情感，在不安中渐长，在徘徊中渐深。几经想过放弃，可就是舍不得。于是，偷偷猜想着，在你心中，我的名字是否停留过，哪怕只一秒。

爱你是我唯一的秘密，让人心碎却又着迷。

我喜欢你，可惜你不知道。写了好多关于你的文字，却只能放在你看不见的地方。

若不是因为爱着你，怎会不经意就叹息。

但是，这些你都不知道。因为，我告诉自己，喜欢你，只是我自己一个人的事。（佚名）

在错的时光遇见对的人，这就是青春

也许某一天，你我擦肩而过，
我会停下脚步，告诉自己，那个人我曾经爱过。

你也许这样用力地爱过一个人，你对他言听计从，你对他千依百顺，你的卑微在尘埃里开出了花，又枯萎。

你也许这样执着地爱过一个人，你爱他到昏天黑地，你爱他到不管不顾，你爱他到哪怕他朝秦暮楚也依然不肯放手。

你也许这样无望地爱过一个人，你在尘世跋涉，经过万水千山，只为了给他惊喜，于是结果给了他，过程只是给了自己。

你一定这样用力的试图忘过一个人吧，你驱逐他的身影，入睡之前，安眠以后。

你一定这样执着地试图忘过一个人吧，你抗拒与他有关的一切，混沌之前清醒以后。

你一定这样无望地试图忘过一个人吧，可是以后你追逐的每段感情却都有百分之几的他，寻寻觅觅，他还是占据着你的梦的二分之一。

没有所谓的快乐和痛苦，同样，也没有所谓的怀念与忘却，有的也只不过就是这样淡淡的青春吧，在短暂的岁月里，你只是简单地爱过一个人，得到或者没有得到。简单地被一个人爱过，知道或者并不知道。简单地与一个人爱过，失去或者正在失去。最终也像这些所有故事的结局一样，散落在天涯两两相忘了吧。

时光太瘦，指缝太宽，一个不经意，流年已经把故事写好了结局，有些人注定消散在清风明月里，有些缘注定要飘零在落花流水间。再怎么刻骨铭心的记忆，也总有一天被光阴的风吹散得无影无踪。从此，天涯陌路，后会无期。

如果所有的错过都是为了遇见，如果所有的辜负都是为了预备值得，如果所有的伤害都是点缀坚强，如果所有的眼泪都是学会珍惜，那你何其有幸，遇见那时的他，不是太晚，不是太迟。（佚名）

你是我记忆中的玫瑰，闭上眼睛就能闻到香气

某天，你无端想起一个人，
他曾让你对明天有所期许，但却完全没有出现在你的明天里。

害怕在你时光的记忆里，我的模样对你来说不够美好。

穿起你最喜欢的裙子，装束你最喜欢的发型。回头想对你微笑。才发现，身后除了冷冷的空气，什么都没有。

夜里只剩下长长的电话线在晃动。如果我们的距离可以像电话线那么长就好了。你的声音那么近，仿佛闭上眼睛就可以拥抱你了。

如果可以拥抱你，我一定会紧紧地抱着。即便你像流星灼伤我的手。可我知道，我不能。

如果我们的距离是一座吊桥，我只愿你在那头，我在这头。你可

以看见我晃动的手，我可以看见你的微笑慌乱我的岁月。

那么我就可以不用闭上眼睛想你。

你是我记忆中的玫瑰花。闭上眼睛还能闻到的香气。一触碰竟是满身的刺，痛入骨髓。

没有你的天空，没有你的海边。烟花有些凉。闭上眼睛，感觉你在烟花的那一头，对我微笑，如烟花绚烂，转眼即逝。

原谅我，只能闭上眼睛，想你。（佚名）

我爱你，
无论你是否真的知晓

我还记得那年晴空万里，那一道飞机云的弧线，蜿蜒着思念写下故事的总结。
我还记得那年你的年轻刻在从前最美的时间，在我生命里你不曾告别，不曾走远。

静静地等待，就如同我现在一样安静，静静地写下我的那些心事，那些刻骨铭心，那些一个人的幸福与辛酸，那些收获和失去。

静静地等待，我在自己的世界，对着空气诉说对你的爱恋，没有甜蜜的情话，没有誓言，只有我对你的放不下。

静静地等待，我不会再次进入你的世界，我会站在不远处，静静观看你的幸福，我在无人的角落傻傻痴笑，我很满足，因为我想你幸福。

静静地等待，在我心里等你一辈子。永远不会忘记我们黑夜里一起走过的那条路，很清晰，很寂静，只有我们两个人，那时我很幸福。

静静地等待，我不会孤独，因为我心里有一个你，一直陪着我，永远陪着我，我身边的空气，都是你，你大大的眼睛，你瘦瘦的面庞。

静静地等待，我不需要结果，我不需要你给我任何，你的幸福、快乐，就是我对你的所求……

在这里，写下我对你的爱。20 岁，我遇上你，我再也按捺不住自己，从没有过的感觉，黑夜白天的想你。我总是在不知不觉中回味那段幸福时光，我留恋那段时光，很留恋，舍不得……

可我又能怎样呢？我不想打破你平静的生活，所以我选择在不远处静静看着你幸福。离开你的世界，不是不爱你，而是我爱你，我为爱你做出的牺牲，不想你难过，不想你烦恼。

我爱你，所以尊重你的生活。正如我离开时所说的，离开你，等待下个路口见时，我们再开始新的感情，友情也好，爱情也好……

我爱你，所以走得很彻底。不是不留恋，而是想要你开心，不要你再为难，也许就是所谓的给你的爱，就是手放开。

我爱你，左心房永远给你留一个位置，无论你是否有靠港的那一天。（佚名）

最美的，是悬念

如果在未来的某天，有人提起我们曾有的交集，我可不可以告诉你，
那是我一生中最美好的回忆。

习惯了一个人在窗边伫立，望着遥遥的远方，任思绪纷飞。

我不是一个善于言谈的人，喜欢把心里的话写在本子上，说给自己听，留给以后的自己看。就连自己的那份暗恋，也终究逃不过这个劫。

以前觉得自己再也喜欢不上其他人了，因为心里住着某个人。只是当时间悄悄流逝，我又有了自己喜欢的人，尽管仅仅是单恋。原来，时间真的是世界上最伟大的治愈师。心里的伤口终究会慢慢结痂，渐渐痊愈。

我的世界，没有你，很久了。偶尔想起，那些不再清晰的，那些渐行渐远的往事，我没有大喜，没有大悲。我已经可以放下心中的那

份不舍、那份怀念了。毕竟，我还要留一份再爱的勇气给自己，留一个机会给要陪我一起走的那个人。

所以，现在的我又开始爱了，在那份住在心里的暗恋。

有人说：在暗恋过程里面，最美的是悬念。暗恋，住在心里，不知道会不会住很久。

当我爱上你，在不懂爱的年纪。你像是高挂天边，最耀眼的那一颗星。点点的微光，指引我靠近。爱着你的心像水晶一样，美丽透明，却如此小心翼翼。

不怕远远看着你，也不去想永远在一起。陪在你身边的日子，我是那么的感激，就算这天大的秘密，就算这一辈子，都得要守口如瓶。

后来，当那首告别的歌，终于轻轻地唱起，你会不会和我一样，有点淡淡的遗憾。你一定也怀念的吧，像我每一次深深地怀念你。

如果在未来的某天，有人提起我们曾有的交集，我可不可以告诉他，那是我一生中最美好的回忆。（伊蓝橙诺）

幻想着无数次遇见的场面，却在见面时无比狼狈

我们在错误的时间相遇，在正确的时间却又分开。
走得最急的是最美的景色，伤得最深的是最真的感情。

或许，我们之间不存在一见钟情的浪漫，可着实有着多次相遇后倾心的美丽。你的笑颜在那个夏天留在了我的回忆里。当画面溜过脑际，你傻傻的笑脸覆盖了整个世纪，你的美好成了这些年最深刻的感动。看着你傻笑的样子，我不禁微笑地盯着你，你总会转过头，从人海中消失。

你如风般来到了我的身边，悄悄地吹动了我的窗沿，惹来风铃阵阵流动。此刻，夕阳的光晕染红了整片天空，你傻站着，看着夕阳的光晕忘记了整个尘世，醉美夕阳下，而我却对着夕阳下的身影痴迷，忘记了尘世里的光。风在流动，风铃只想轻声哼唱。

午后的阳光迷幻了整个国度，你的身影在我的世界里摇晃。我从五楼的栏杆往下望，你投篮的身影跃入我的眼球，瞬间抓住了我的心。

你曾经说过我的声音如风铃般悦耳，那么你就是那带来悦耳铃声的风，让风铃奏出最美的旋律

可风铃与风不是一对，事实上，我就是抱着不可能的心态暗恋着你。我愿意成为你跳动的旋律，让你华丽歌唱，也不愿意轻声说我喜欢你。

我不是没有幻想过和你告白的场景，也曾想过被你拒绝后的哭泣。只是后来的我什么都没有做，只是觉得心越来越冷，渐渐地，冬天的气息弥漫了整颗心。

我们最终没有联系，偶尔的擦肩而过，我回头看着你的身影，你却没有像电视剧里演的一样，回过头来看看我。

谢谢你曾经给我的温柔，此后，你是我永不触碰的风，而我是你不自觉忽略的风铃。风停了，风铃像断了的弦，无法弹奏出完整的思念。

错开的时间，是我们的分割点。像鱼与海燕，相恋只会搁浅，相爱又很遥远，不要留恋，还是欢快地赶往下一个地点。我的心只停留

在窗沿，那系着我的线，那牵着我的思念。那时的晃动，只为靠近你的身边。歌唱，只想让你听见。没有你就像风筝断开了线，狠狠地摔落地面，我轻轻地弹奏，思念如雨般滑落。

我想说如果，你有一天抬起头，看到五楼站着个女生对着你微笑，你只要回以微笑，我想这就够了。（若雪）

以朋友的名义爱着你，坚持到故事的结尾

我一度以为，最富有意义的远行是探究世界上每一个值得去探究的角落。
直到我遇见你，我才深切的明白，所谓远行，不过是我走向你的那段距离。

暗恋的美好就是与对方的那一份很长又很短的距离。不是恋人，没有每天黏在一起的理由，只能远远地看着，不动声色的。却又把对方放在生活的每个角落里，闭上眼睛的时候，听课的空当里，走路时路过的某个地点，抬头与低头的间隙，你都变成了思想的主角，在离我生活最近的地方。

因为喜欢着你，所以默默地把自己也改变，变成更像你的样子，把自己模拟在和你的世界相似的世界。因为喜欢着你，所以坚持着不去戳破那一层纸，不知道你的感觉，只怕说出去了，连和你走近谈天说地的笑容都不复存在，连维系着的朋友关系都被打破。

每一个人的生命里都会有这样的一个人点缀着青春，喜欢到最后。在一起或者不在一起都没关系，说出口或者不说出口都没关系，慢慢地慢慢地变成一个只关乎自己的秘密。沉默着看着对方的生活灰了又亮，亮了又灰，以一个朋友的姿态，坚持到最后。这是一场最美丽的观望。

也许多年以后，因为有这样的一个人的存在，我们生活过的这个大学，这个城市才有了特殊的意义。我们会记得某个阳光绽放的夏天里，余光里那个人的一举一动，都是点亮生命的光。让一切沉默在记忆里，说不定在未来的某一天知道了关于你的消息，关于恋爱或者婚姻，淡淡地一笑而过，再无其他。

仿佛锁在波光粼粼的湖面下，美丽而沉默的珊瑚。你笑而不语，我会心一笑。说一句“你好，老朋友”，言语里承载了与你相识时的无数次不平静却伪装起来的平静。这个关于暗恋的故事终于有了一个结尾。（天上香草）

爱你，
是一首孤单的歌

未来你许她情长，会不会想起欠我的时光。

很久很久以后，我都会怀念，怀念那个阳光温柔树叶低垂的午后。

我从来不会相信，上天会忍心湮没我所有对爱的幻想。我相信我是一朵温柔的花，守候在一个繁花似锦的花园，期待被发现那一缕与众不同的清香。

也许，那个人已经走过了很多很多花园；也许，他已经经历过很多很多花香。但是，最后的最后，他的记忆中却只有属于我的一缕清香，他会在他的心里，建造一个只有一朵花的庭院。

当你我的双手相遇，你是否感受到了花开时的细碎颤抖？

我曾从一朵花的高度仰望着你，期待你垂首发现我的慌乱。但是我却没有想到，当我的期待变成现实的那一刻，我却真的是如此慌乱。四周的惊叫，散落的文具，踏空的楼梯，头脑的空白伴随着小腿骨的异响，当一切安静，我发现自己的手被握在你的手中。那一刹那，我再也不害怕一个人的手会冰冷无依，这个宽厚温暖的手掌仿佛成了它全部的依赖。

你遗憾没有更早一步拉住我，而我的头脑中已被混合的喜悦和疼痛充满。我不会有任何的责怪，如果这一时的疼痛就是与你相遇的代价。

那天以后，你的单车成了我的坐骑。我心满意足地坐在书包架上，任你护着我穿梭在教室和宿舍之间。每一个单程是 6 分钟，每一天就有 12 分钟只属于我和你。我喜欢，低头看车轮的痕迹，蜿蜒在阳光的细碎中。还喜欢，看我的影，你的影，以同样的速度慢慢移动，我的影很小，蜷缩在车架上，你的影很长，步子很大。

我期待，可以与你一起缓慢地在校园并肩行走。我想和你用同一种步子行走，只是不知道，是不是跟得上你的脚步。

这个世界上有很多很多美丽的花儿，有很多花非常美丽，比如玫瑰；有很多花非常高贵，比如百合；还有很多花清雅，比如兰花。

而我，只是一朵温柔的花。

和每一朵花一样，只能拥有短暂的花季。

我在静静地、静静地期待着一个人，发现我与众不同的清香。

而你最终，却越过我，触摸了另一朵玫瑰。（浅韵淡心）

第六卷

那些再与你无关的悲伤

你永远也不会知道，
那时阳光正好，
将你深邃的影子拉得好长好长，
我走在你身后，
却连站在你面前的勇气都没有。
那封没有勇气写下的信，
本身就像悬浮在半空里，
大概其本身就注定飘不过万水千山。

喜欢你，是一场漫长的失恋

太多时候，缘分的阴差阳错却让那个名字成为岁月长路上一个硬硬的核，包在错过的遗憾里，凝成一枚琥珀。

喜欢一个人的时候，好似一场长长的梦，心空了又满，满了又空。

我喜欢一个人，是我自己的事。可是爱情，却是两个人的事。你纵有千个优点，但你不爱我，这是一个我永远无法说服自己去接受的缺点，这便是暗恋的悲凉。可这并不妨碍那个人的名字，成了我年少时的心事。

我曾多次在暗夜的梦里辗转，甚至在无人的角落，对着镜子研究你的名字从我唇里蹦出来时，我的眸子中是怎样的欢喜，我的脸颊上会是怎样的快乐。但是无论预先排练多少遍，只要你站到面前，我一下子就语塞了，无论如何也无法喊出你的名字。

只有经历过的人才知道，当暗恋的情愫过于盛大和隆重时，很多时候，爱着的那一个人是无法喊出对面那个人的名字的。

虽然就是那么简单的几个音节，可要清晰地说出它们，却像移走一座大山一样艰难。在别人眼里不过一个符号的那个名字，在爱着的人心里，字字千钧，是不到万不得已不愿吐出的一种战栗。

不能喊出的那个名字，是所有爱着的人心中的一个暂时的梦，总以为有一天，自己能够自如亲切地趴在对方怀里呢喃那个名字千遍万遍。

可太多时候，缘分的阴差阳错却让那个名字成为岁月长路上一个硬硬的核，包在错过的遗憾里，凝成一枚琥珀。

甚至无论过了多少年，当我偶然想起，偷偷默念那几个字时，眼光还是忍不住左右顾看，害怕那经年的情愫，不自觉地泄露出来。(佚名)

我们要互相亏欠，要不然凭何怀念

人最脆弱的地方是放不下，
放不下一个人，放不下一段感情，放不下一些回忆，放不下那个人，
你就无法放过自己。

那个用荧光笔在房顶悄悄写满你名字的女孩，她在你不知道的那一天在每个名字后面加了一个“再见”。后来她搬了家，连那些字也被灰尘带走了。

很多人你不再想念便不再见，如果有人在时过很久之后给你一句想念，请珍惜这翻过千分万秒的思念。

若不是情深入骨，何苦念念不舍。

若是阔别经久之后能再相见，表情里定都塞满了数不清的故事，惆怅的、甜蜜的、无奈的、忧伤的。只是谁都没有勇气再提当年，不

勇敢的人，是你还是我。

慢慢远去的东西，就不要试图阻止它的步伐了，再漫天遮眼的风沙，总有吹散烟清的时候。只要没有轮到世界末日那天，黑暗过后就不会继续黑暗，太阳会如约升起，大地会按时早起，那么只要还活着，就还有被疼爱的机会。

曾经的印记在心上的伤口，要逗留多久才会被时间治好，我们谁都不能确定。我也并不是刻意把你忘记的，只是时间把你牵走了。若过了多少时日，即便是你人归来，可你终究还是带不回那段我爱你的时光。

对不起，虽然我遗憾，但心里再不会唯你马首是瞻，所有的离别都是缘分已尽。

我问过原因，可你闭口不提。我想大概是你听到召唤，通知你停在我身边的时辰已到。所以，你要急急赶往下一段旅程。没关系，我只是过客，你不爱我，我不怪你。

青春迷雾茫茫，谁能说清到底是谁成了谁的过客，又是谁辜负了谁。虽说是两不相欠多好，可我不想，若无亏欠，怎会遇见。宁愿我们这样相互亏欠一辈子，不然，我该凭何怀念你。（安染）

有些人你爱过就已经是永远

有些人，爱过，就已经是永远，
那应该叫作流年里的天长地久。

那天，我看到你从书店里走出来，穿着一件黑白色条纹的衬衫，一手拿着伞，一手拿着书。

我从未见过你这样的装扮。我所见的你，是你和朋友打球的样子，是你坐在教室里认真读书的样子。我以为你所有的样子我基本上都看过，可今天在书店所见过的你却是我从未见过的。

你可知，这样的你让我有多心动。时间摆下一道无声的崖，划下你和我之间的距离。记得初进这个学校的时候，我就发现了你，一发现你，我好像就不再是属于我自己。仿佛在那一刻，满眼只看到你。

在那一刻，我心里大声地告诉你，你可以回头看一下我吗。临近毕业，大家都在忙着写同学录。如我一般忐忑的人，在此时多么希望能得自己暗恋的人写上一段自己的心事。

我没有去买同学录，却期待你的同学录能发一张到我的手里。也许是上帝听到我这个可怜的单相思女孩的心事了，那天早上，我和你同时出现在学校外的那家小店里，你顺手撕了一张给我。

“如果你愿意，我可以陪你去看海。”我认真地一字字写下。我不知道我是怀着怎样不安的心情写下那段话，又是怀着怎样的紧张把同学录给你。我以为我和你之间这样的结局最好，我也只能让你隐隐约约知道我心里的声音，仅此而已。

最后一次聚会，人群渐渐散去，我回头看你俊朗的侧脸，你好像也看到了我，欲言又止的样子。

后来，我一个人走在海边，细细软软的沙粒跑到我脚上任何一个地方，我身旁走来走去好多人，但都不是你，那种空洞到任何声音都可以被我捕捉到，那样的感觉说不出。

直到今日，想起那句“如果你愿意，我可以陪你去看海”，还是会从心里笑出来。我怀念那些曾经，那里有我单纯的思念和完整的心。

有些人，爱过已是永远，那应该叫作流年里的天长地久。（佚名）

这世界上有一个人，仍旧爱着你

关于想你这件事，躲得过对酒当歌的夜，躲不过四下无人的街。

因为不能预测未来，所以我并不知道我会在人生的第十六个年头，毫无预兆地喜欢上你，以至于后来的时光里，疯狂地思念你。

至今，我还是无法忘记你。后来我也遇见许多人。比你俊朗的，比你幽默的，但到最后，脑海里面寄存最久的依旧是你。

我喜欢在朋友间假装不经意地打听你的消息，寻找有关于你的蛛丝马迹。比如听说毕业后去顺利签了新工作，比如你常常晚睡……

多想将那段烂熟于心的数字拨过去，哪怕只是问候。可我却从来不敢认真的拨打过去。我承认我是害怕，害怕你的不冷不热，害怕你把我始终当成可有可无的人。

我一直都喜欢一个人在夜深的黑夜看惊悚的电影，从来都不曾害怕过。但是在你面前，胆小得像电视里面那只躲在布满青苔的角落里，瑟瑟发抖的黑猫。

我不算是个胆小的人，但永远只会在碰到你时变得胆小慎微，这算是沉落在湖底的爱恋吗?

我知道，对你的欢喜，可能永远是一场浮不上水面的单相思。我也知道，思念就跟爱情一样，是会耗尽的。但至少现在，我仍旧爱。所以，忘不了的，就记得。（沈春光）

我看得再远，
无论哪里都有你的影子

等一个不爱你的人，就像在机场等一艘船。

我收集了四张含着记忆的机票，那是我奔赴千山万水去寻你的证据。而今，却不具任何意义。

我背着包实现你说的一个人的旅行，我走到哪里，都有你的影子。

你会笑我站在二十三层的阳台上俯视夜景时傻笑的样子，你不迷恋我吊带蕾丝裙的背影，而我却难忘你对着电话微笑的表情。是什么让你开心？如何让你如此开心？我怎么就参悟不透？

我这样一个女生，不胡搅蛮缠，不无理取闹，不心机重重，不爱慕虚荣，不悲你不喜之由，不乐你不赞之事。我真是奇怪你到底还希望我做什么，怎么做，才能使你明白我的真心？

我不该埋怨你不喜欢我的，因为我还是要继续爱着你。听你所听的歌，我流着泪，我想着不能实现的种种，我记住你认真的样子。你脖上的项链，即使被岁月褪了色，都还是那么迷人。那就是你，我爱着的你。因为伤而渐弯的脊背，拥有甜美笑容的安详面孔，手心永远温热，肚子永远滚圆。

我暗恋的人，是因为我爱，所以一切都是那么难得，那么美好，那么叫人念念不忘，恋恋不舍。

我走的时候，是艳阳晴天，像你时而愉悦时而凝重的表情。那阳光透过飞机的窗如此耀眼。而那云，就这么近，那么远。

这一别，剩下的时光都将改变。你不了解的，我所隐藏的，统统使我坚定自己去离开你。我成长在你对我的残忍下，那是你认为你所能给的爱，而我短暂的青春就在这关爱里仓促地画上句点。

我爱过的人，犹如爱过的电影，那情节是我的写照，结局却是杜撰的。

我们走过的沧海是起始，我们看过的风景是内容，而今后的路，终要是各自坚强的旅行。再也没有爱，再也不见等待，再也没有那样的日子。鲜花盛开，你也常在。（四月）

爱是天时地利的迷信

十七岁那一年抓住那只蝉以为能抓住夏天，
十七岁的那年吻过你的脸就以为能和你永远。

写这段话的时候，我正好爱着你。

将我们的这场爱情定义为暗恋并不合适，因为我爱你，你知道。我们甚至短暂地相处过一段时间，只是后来，你比我先离开。

很短，短到没有说过一句蜜语甜言，你离开了以后，我还爱了很久。

很多时候，爱上一个人就是坐上了一列高速行驶的列车，哪怕轨道已经消失，出于惯性，我还要滑行很远很远，途中甚至要撞上很多很多东西，闹出一系列可笑可恨乃至可怕的事故。

我一直不确定你是否也爱过我，也一直将这段感情定义为单恋。

在单恋中，时间是漫长的，每一秒都像是慢动作。

曾经计算过我们会见面的日子；曾经幻想跟你相处的每一个场景不断循环播放，然后，微笑，或者痛哭；曾经几乎每晚都梦到你，而梦中的你，不是正在匆匆离去，就是远远相隔，连话都说不上。

然后就连只言片语都没有了。可惜，这还不是单恋的结束。

像一场天时地利的迷信，欲罢不能地缠着我的心。我无法预知自己是否会爱上某人，会爱多久，更不能预知对方会不会爱上我，如果相爱，能爱多久；如果不爱，到底谁先放手。

甚至不能知道，先厌倦的人，会不会是自己。于是，在结束之后，我感情的列车依然顺着惯性，滑行了一段时间。

那些年，是谁把谁放在心上？是谁把谁直接忽略？我们之间拥有的记忆不多。但对你，关于未来，总是想张口说些什么。许久过后，还只是一片沉默。

如果多年以后，你还会记得这些，记得这样爱上你的我。那么，我们应该可以一起翻开属于我们俩泛黄但美好的回忆。（四月依然）

说再见的时间，比爱的时候漫长

如果一厢情愿在光阴的更迭里桑田沧为沧海，现在注定已是覆水难收，
我们在一起度过的时光便是渺茫沧海的一颗粟米。
来因生事果，也就难怪后来我念你的时光比爱长了。

在年深岁久的沉默回忆里，我曾徘徊在你家的窗前。或是大声喧哗抑或是嬉戏打闹再或是默默无声，任白昼里四周人声鼎沸，任夜晚万家灯火通明，而此时此刻站在你家楼下的我正看着别处，可眼角的余光里却深切地注视着那扇窗，老旧的陈设依旧还是记忆里的模样，即使是稍作变动，我也能一眼就察觉出来。

那时候，我只是很期待你恰巧安然地站在窗前观望静默的风景，然后听见久违熟悉的声音在流动的人群里追寻我的身影，也许会有那么一刹那的怦然心动。

我忘了这是多久以前的事了，我忘了困顿的青梅往事，我甚至忘了你的脸。

年华似水如今早已无处可寻，很多事情也没法考据，若不是那日偶然地路过你家楼下，恍惚有种似曾相识的感觉，否则想必就连现在残垣的回忆也都没有。只是细微的片段仿若藕断丝连，总会牵扯着一段冗长烦琐的故事，还有许多复杂人物地出现。

我翻看以前的文字，很诧异很多都是关于你的，只是其中大多都是以一句话言简意赅地概括我与你之间浅浅的回忆。

我想如果一厢情愿在光阴的更迭里桑田沧为沧海，现在注定已是覆水难收，那我们在一起度过的时光便是渺茫沧海的一颗粟米。来因生事果，也就难怪后来我念你的时光比爱长了。

终于这段无疾而终的暗恋走到了尽头，只是没想到我耗尽了那么多年的等待，也还是没有等到你的转身相看，没想到故事潦草结局，匆匆谢幕各自漂泊匍匐在不同的伤痛里。

后来，当然还会想你。每一次想念，无疑是朝花夕拾旧事在心里重提了一番，最后就连梦里也经常是你的身影，反而愈加不得安宁。

我也常常不想再为少年情事困顿不已，也不想再去纠结如何轻轻地放下你。我喜欢你，但我也知道，你徘徊到现在等的那个人不是我。从不敢妄想着你也许可能大概是喜欢我的，这样偏执亦不过是无谓的怀念。

如果你真的喜欢过我，就不会在我这些漫长年月里给你的诸多暗示中，仍没有给我一个确切的答复。没关系，你只是不喜欢我而已。

转眼已是季夏，天空仿佛是倒过来的海那般剔透湛蓝，阳光依旧灼热得令人眩晕，空气被烈日炙烤得扭曲，知了声嘶力竭地想要挽留夏天，时有飞鸟路过我的窗前，焦躁的热风将桌上的书哗哗地不停翻动着。

我恍惚看到多年以后，再次路过你的窗前，窗前的陈设已经有了很大的变化，你也许都已经不在了，人间久别早已不成悲，我静静地走过，心里平静得没有一丝波澜。终于明白对于生命而言，接纳是最好的温柔，无论是接纳一个人的出现，还是一个人的从此不见。（乔雨未央）

爱那么短，遗忘那么长

不是每一场青春都有一个惊天动地的结尾，
不是每一个故事都以幸福微笑或者痛彻心扉的泪水告终。
时间是一味很好的药，但也有它医不好的伤。

大雨将整座城市陷入一片迷离，我又一个人度过了一个雨季，转而突然立夏，一切仿佛都来得措手不及。

我慌乱了手脚，我还来不及逞强地将你放下，还来不及细听窗前淅沥的雨，还来不及做自己喜欢的事情。

窗外雨打香樟沙沙作响，远处的建筑渐渐稀释至模糊。五月里的很长一段时间都浸泡在雨水里，凝滞地向前推进，恍恍惚惚间岁月就在生命里裁了一大截，去年的这个时候夏天早已初见端倪。

香樟树在热风里摩擦摇摆像无数的低声细语，明晃晃的阳光把心照得通亮，那些见过的或不曾见过的故事在心里默默地开出一朵花，如今只待六月悄然而至。

昨天晚上辗转许久也睡不着，只觉得心情烦闷，我想岁月冥冥之中还是有记忆的，隐隐地提醒你不能忘却的昨日。

在我遇到你的这十几年里，我们之间的故事几乎寥寥几笔便已勾勒出大致轮廓，里面填满了无尽的空白，我依靠着这稀薄的回忆度日，竟也无声地走过了那些荒唐的年月。

那些似句点蜷缩在床角的时刻，咧着嘴用力地压抑着胸腔沉重的情绪，最后在泪流满面的日子里；那些有你的梦里，最后渐渐消散在香樟树下清浅的夏风里；那些我曾以为的未来，始终也没有你的身影；我们就这样面对着南辕北辙背道而驰的现实。

时光是如此经不起回味，我以为即便是暗恋，也应该是生生世世始终不渝，竟也如此地禁不住流光的抛掷。红了谁的樱桃，绿了谁的芭蕉，事到如今我们都回不去了，回不到儿时的那年明媚的午后，回不到与你守望北斗星的夜晚，回不到我们坐在学校残败的围墙上说笑，回不到广场散场后落寞的长椅上。

年少的时光里，我们会很容易地爱上一个人，十几岁的年纪里忽而一梦猝醒，想起你，便写下长长的文字寄托追寻你的愿景。来日方长的一帧一帧地别在通透的心房里，占据了整整一个曾经。不得不承认，那些年，你的微笑惊艳了我所有的时光，可我的爱却注定温柔不了你的岁月。

沿路的那排梧桐将我们一同路过的光阴悄无声息地刻进一圈一圈的年轮里，那竟是我们这一生仅有的交集。

你永远也不会知道，那时阳光正好，将你深邃的影子拉得好长好长，我走在你身后，却连站在你面前的勇气都没有。那封没有勇气写下的信，就像悬浮在半空里，大概其本身就注定飘不过万水千山。

曾经年少，理所当然地以为在感情里付出了就一定会得到回应。只是好像你离我很远很远，像是我在这边声嘶力竭的呼唤，也终究到达不了你遥远彼岸的远方，原来很多付出是没有回应的。

后来的我真的没怎么想起你了，大概只会感叹时间果真是一剂良药，原来也没有什么能够永垂不朽，那些细水长流都只是荒唐的憧憬。我不会因为夜里梦到你短暂缥缈的出现而庆幸不已，当初说好的要寄出的信笺再也没有寄出去，我只是偶尔把对你讲述的故事写进沉默的日记里，后来我也失去了音讯。

直到我沿路溯回再也不见来时的痕迹，那些鲜活的回忆犹如散落枝头的深绿的香樟叶，散落在无人问津的路上，看着身后是越来越模糊的过往，我才明白为你默默等待的那些年，从沦陷的那刻起就不要妄想会有所回应。

我就在四月的期盼里等待着五月，等待着头顶的风扇咯吱咯吱转动的声音，等待着阳光温柔的某个午后，等待着知了聒噪的叫声一浪高过一浪，等待着香樟树下开出浓密的树荫，等待着所有夏天的回忆汹涌而来。（南乔）

你赠我的空欢喜，
都变成了思念

如果我能回到从前，我会选择不认识你。
不是我后悔，是我不能面对没有你的结局。

感谢你，赠我一场空欢喜，那些曾经美好的回忆，已成往事。有些事，我不说，我不问，不代表我不在乎。

有些人，会一直刻在记忆里，即使忘记了他的声音，忘记了他的笑容，忘记了他的脸，但是每当想起他时的那种感受，是永远都不会改变的，偶尔想起，记忆犹新，就像当初。我爱你，没有什么目的，只是爱你。

如果我能回到从前，我会选择不认识你。不是我后悔，是我不能面对没有你的结局。

有些东西我们可以抛弃，却无法忘记，它静静地躺在记忆的深

处，冷不丁醒来，让你心碎一场，激动一场，感叹一场，然后又沉沉地睡去。

比这世上任何一个人都更加热切地盼望他能幸福，只是，想起这分幸福没有我的份，还是会非常地难过。

岁月，始终抹不平心底仅存的对于暗恋的期盼，所以，以为的成长只是蹲在原点画一些无所谓的圈圈而已。当寂寥的歌声响起，恍若幻化成了另一个自己，一个虚脱在边缘的自己。

现实，于我还是太重却不可避免。就像爬墙的壁虎，注意脚下的时候，却忘了初衷，原来，所谓的梦想，只是为自己前行的一个虚有其表的路标而已。

有一种等待，叫作恰逢花开，于人海里遇见，无论之前如何，以后如何。

喜欢，只是单纯的喜欢，当一开始的好感，随着那抹淡笑逐渐加深，当明明很期待，却很是害怕的情绪宣誓着，已经掉进了，那名为喜欢的旋涡，深不见底。

一直在逃避，逃避若是接受就得必然承担的东西，像一个游走的小丑，看别人的戏，疗自己的伤。

如果有一天，我忍不住问你，你到底爱不爱我，请你一定要骗我。不管你心里有多么不愿意，你都不要告诉我，你从来没有喜欢过我。

如果有一天，我从你的世界消失了，你会发了疯似的跑遍大街小巷来寻找我吗？如果有一天，我从你的世界消失了，你会紧跟着与我相似的背影，只为确认那是不是我吗？

如果有一天，我从你的世界消失了，你会走遍我们曾去过的角落以拾起那曾经属于我们的记忆吗？如果有一天，我从你的世界消失了，你会像电视里演的那样记着我一辈子吗？

我想你不会，因为我不是你心目中最重要的一个，也不是你不可缺少的一个。你的习惯，你的固执，是我不能改变的，即使有一天我真的消失了。

但是，我要告诉你，如果有一天，你真的消失了，我会痛哭流涕，就像迷失了自己；我会发了疯似的跑遍大街小巷去寻找你；我会紧跟着与你相似的背影，只为确认那是不是你。

我会走遍我们曾去过的角落以拾起那曾经属于我们的记忆；我会像电视里演的那样，记着你一辈子。

也许，以后再也不会有如此纯粹而不计后果的喜欢了吧，也许，只是一场精心策划却毫无进展的戏剧罢了。只是青春，不就是在跌跌撞撞中走过的荆棘林吗?

而遇见你的时光，尽管只是独白，也会以一封情书的样子写进时光里，简单，直接，渗入内心的阳光味道。喜欢，爱情，或许一样或许不一样，只是于我，就像黑夜边缘一道绚烂的彩虹。

有时候，越是在意，越是惶恐，拥有的时候就已经开始失去。而未曾拥有的暧昧在时间的催化之下，要么分道扬镳，要么相濡以沫。

也许，遇见你时，花未开，月未圆。却有一份发酵已久的等待在装饰着所有，或许那时，星星都亮了。

像是一只丢了尾巴的松鼠，整天神经质地晃来晃去，握着一把剪刀，碎了时光的剪影，偶尔地翻阅，原来有你的样子。

就像柯景腾说过的那句，“我想做一个很厉害的人，想让这世界，因为有我，会变得有一点点不一样；而我的世界，只是你的心而已”。当然，这一切，在以后的记忆里，或许，只是一个未完成的遗憾和一场空欢喜而已。（佚名）

幸好你不知道，我爱你

如果不是因为在乎，怎么会有这么多情绪。

每天有 10 个小时我和你的距离只有 20 厘米。你就在我身后，偶尔把玩着我的马尾，指尖不经意地触碰到我的脖颈，留下一阵麻酥酥的凉意。我努力克制住因为激动有点轻微颤抖的身体，手在纸上飞快的做着笔记，唯恐被你发现一些端倪。

你的腿长长地伸到我的凳子下面，不安分地一直晃动着。你不知道的是，那个时候，我的整颗心也都随着你晃动的频率在胸腔里沸腾起来。

窗外阳光照了进来，入目的一切事物都好像变得美好起来。

幸好你在我的身后，没看见我上扬的嘴角。

我每天会花上好几个小时盯着你的马尾发呆。你时而抬头看着黑板，又低头在笔记本上唰唰地写些什么，马尾随着你的动作左右晃动着。心脏像是被你的马尾轻轻扫过一样痒痒的，那感觉像是电流瞬间遍布全身。

我晃着双腿掩饰紧张又激动的心情，胸腔里像是打翻了一袋跳跳糖，一直跳个不停。

我就像是初生的吸血鬼一般，所有的情绪都被放大了，喜悦的心情笼罩了一切，就连平时听起来聒噪的讲课声都变得悦耳起来。

幸好你背对着我，看不到我满脸的欣喜。（陆苍苍）

那些再与你无关的悲伤

我看过沙漠下暴雨，看过大海亲吻鲨鱼，看过黄昏追逐黎明，没看过你；
我知道美丽会老去，生命之外还有生命，我知道风里有诗句，不知道你。

宁静的夜里，月色如水，怅然回首，往事如风，记忆如尘。岁月匆匆流过，沉淀的记忆，飘浮在心头。抹不去的回忆，总有着缄默的力量。

我的心上有一个洞，那里埋藏着我的声音，我的声音里，有一个不能说的秘密。站在时光的罅隙边，看着羁绊远离的背影。每一段的感情纠葛，都有那么多没说完的亲密。即使时隔多年，回忆起来的都是痛苦。

歌声总是一段一段的，大概是病了。脑中的影像也是一片一片的，怎么都拼不完整。为什么你听不到，听不到我的爱。如果再见，我就告诉你那个秘密，如果还能再见，那我会用最温柔的声音，说那个秘密给你听。

或许你早就忘了我的微笑，可是我总归忘不了好多时候，比如你唱过的歌，你给我写过的字条，你大口吃过的肉，还有我给你写的无数封未曾送出的情书。再后来都变得不再重要，就像你爱了谁，或者谁爱着你，都不重要了。

请原谅我，直到现在，我仍不知道我对你的暗恋，是不是所谓的爱情。但我从来不觉得可惜，因为我很感谢你，即使你不知道，有这么一个人，曾淡淡地喜欢过你。因为我明白，暗恋终究还是一朵明媚却无法结果的花。

细数往事，当旧历辗转到最末，记忆被一点一滴地拾起，跌碎了思念。是否还可以唱一首歌给我听？唱给岁月，唱给旧日，唱给情深。

岁月是一首老情歌。我站在这里，听见你的声音。

别了，曾经的梦，别了，逝去的年华。至少我曾为自己的感动过。（佚名）

有个傻瓜爱过你，你无须知晓

某一天，你在某一个站台，等了好久，好久。
看着过往的列车，却没有等到那列为自己靠站的。
余晖下的天桥，有你的身影缓缓地走过。
孤独在身边蔓延。

你穿过那片开满油菜花的田，狂奔向那个相遇的地点。

但是，在那已经废弃的铁轨上，一辆已经停用的火车，你独自奔到某一节车厢里，放声大哭，汽笛声掩盖了你的悲泣。

那一路熟悉的公交车，当只剩下你一个人在车里面，呆呆地透过窗户，望着蓝天上，飞机飞过的航线，清晰可见，回忆起以往和他一起坐车的画面，嘴里却说不出曾经的感觉。

某一天，你在某一个站台，等了好久，好久。看着过往的列车，却没有等到那列为自己靠站的，余晖下的天桥，有你的身影缓缓地走过。孤独在身边蔓延。

记得学校那一棵大树，简易的秋千，又一次你将它荡起，那熟悉的画面，却再次浮现。你静静地随着秋千摆动，木然地看着树枝，脸上写满了想念。

夏天的雨，给人带来的是凉爽，但你搂着双臂，校服的单薄还是让寒冷侵袭了装满悔意的心。

不知道在什么时候，雨，终于停了。伴随着第一丝晚霞透过乌云的微光，你在那个熟悉的天桥上大声地吼了一次。许久没开口，这一声包含着所有的想念与回忆，以及那一丝丝的后悔。

不知道过了多久，在那个熟悉的路口，你和他又一次相遇了。看到彼此的同时，都停下了脚步，微微笑了一下，闪过一种期待的眼神，但是，然后彼此默契地各自往前走，擦肩而过。

你经过他身边的时候，心里很认真，很认真地默念了一句：喂，我喜欢你。你的脸上浮现了豁然的笑容，没有说出来的话，终究还是以这种最自欺欺人，也最有效的方式表达了。

风，拂过你的发丝，亲吻你的脸颊，轻轻地为你抹去那不知何时涌出的泪水。（跟屁虫）

版权声明

我社编辑出版的《那封当年未曾寄出的情书》，由于无法与部分权利人取得联系，为了尊重作者权益，我方委托北京版权代理有限责任公司向权利人转付稿酬。本书的作者请与北京版权代理有限责任公司联系并领取稿酬。

联系方式如下：

北京版权代理有限责任公司

北京市海淀区知春路 23 号量子银座 1403 房间

邮编：100083　　QQ：603454598

电话：133 1133 9559　　邮箱：603454598@qq.com

现代出版社有限公司

图书在版编目（CIP）数据

那封当年未曾寄出的情书 / 万诗语主编. — 北京：现代出版社，2016.2

ISBN 978-7-5143-4390-8

Ⅰ. ①那… Ⅱ. ①万… Ⅲ. ①散文集–中国–当代 Ⅳ. ①I267

中国版本图书馆 CIP 数据核字（2015）第 308839 号

那封当年未曾寄出的情书

主　　编　万诗语
责任编辑　赵海燕
出版发行　现代出版社
通讯地址　北京市安定门外安华里 504 号
邮政编码　100011
电　　话　010-64267325　64245264（传真）
网　　址　www.1980xd.com
电子邮箱　xiandai@vip.sina.com
印　　刷　辽宁星海彩色印刷有限公司
开　　本　880 × 1230　1/32
印　　张　8
版　　次　2016 年 2 月第 1 版　2016 年 2 月第 1 次印刷
书　　号　ISBN 978-7-5143-4390-8
定　　价　32.80 元
